蘇老泉文集·蘇文嗜·蘇文

遼寧省圖書館藏陶湘舊藏閔凌刻本集成

遼寧省圖書館 編

1

中華書局

圖書在版編目 (CIP) 數據

蘇老泉文集・蘇文嗜・蘇文：全 4 册 / 遼寧省圖書館編 .— 北京：中華書局，2017.1

（遼寧省圖書館藏陶湘舊藏閔凌刻本集成）

ISBN 978-7-101-12052-3

Ⅰ. 蘇… Ⅱ. 遼… Ⅲ. 中國文學－古典文學－作品綜合集－宋代 Ⅳ. I214.401

中國版本圖書館 CIP 數據核字 (2016) 第 195403 號

ISBN 978-7-101-12052-3

責任編輯：張　進
技術編輯：靳艷君

中華書局　古逸英華

遼寧省圖書館藏陶湘舊藏閔凌刻本集成

蘇老泉文集・蘇文嗜・蘇文

（全四册）

遼寧省圖書館 編

*

中 華 書 局 出 版 發 行

（北京市豐臺區太平橋西里 38 號　100073）

http：//www.zhbc.com.cn

E-mail：zhbc@zhbc.com.cn

三河弘翰印務有限公司印刷

*

889 × 1194 毫米 1/16 · 109¼印張

2017 年 1 月北京第 1 版　2017 年 1 月第 1 次印刷

定價：3200.00 元

ISBN 978-7-101-12052-3

第一册目録

蘇老泉文集十二卷詩集一卷（卷一—卷八）

蘇老泉文集十二卷詩集一卷（卷一—卷八）

（宋）蘇洵　撰
（明）茅坤　纂評
（明）凌濛初　輯

明凌濛初刻朱墨套印本

原書高二十九點四釐米，寬十九釐米；

板框高二十點三釐米，寬十四點六釐米。

蘇老泉文集序

文有統宗有火候譬之書晉以右軍爲冠軍乃其規摹鍾太傅衞夫人見而掩泣今之臨池者而能邈右軍之統宗於鍾衞乎至於池水盡墨則其火

後也璧之詩唐以少陵為大家乃其熟精文選理至以之論子今之琢句者而張探少陵之鏡宗於文選乎至語不驚人死不休則其大後也海內之於子瞻蓋爲吾家傳户誦幾奪老

泉之序能老泉能彙篇子瞻
而子瞻不能為老泉使子瞻
回談頤祖彭其一法奔詣之
手以步趨若翁恐未免盤饑
封而失故步子瞻之自評曰如
萬斛源泉隨地而出川乎其

而亦行亦行止乎其所不得不止
可為之文傳神氣而識之者
同子瞻嶺海以後文大略信手
任筆王元美亦白讀子瞻之文
亦未嘗有以絕無學者蓋
其長處亦在此短處亦在此

正以統宗乎古泉能不爲老泉
而不能爲古泉則大蘇而至
也蓋學蘇者當按老泉之
統宗於子瞻子瞻之大蘇
於老泉庶乃窺其一斑耳
若寧自於吾一邑梁之澎湃

而巨至源于崑崙星宿乎宇
柳州諸先正云老泉平生最
嗜孟夫子文每服不一藏爲帳
中秘寤寐於是子瞻攜爲
橐去再三請觀而不得他日竊
發而見之老泉一日見子瞻文

而譬曰此嘗見吾子所用
以駭能爾而得乎故因嘆曰吾
不風不子以此也今不改進矣此
其繞宗火候之存豈不裊裊乎
難哉後世學者未之揣以食
糊之以塗鴉繞宗所火氣所

其以此集為三年之艾可也

吳興後學淩濛初撰并書

凡例

一文推三蘇世共傳習諸集中獨老泉文僅於數讀之常恐其易盡迺廣搜全集若干首以快士林掛一漏萬之憾云

一毘陵荊川唐公歸安鹿門茅公海内巨眼其評隲老泉文獨竟其帙世奉爲指南所評者貴評之者益尊敢一一登之額

一老泉文賞之非一人幾百年來名公鉅儒
名宿有議論星現史冊乃覓珠蒼海錯
陳于兩以間非負文同完璧而亦評如翻
錦爲

一評文者更僕評詩者絶響如妄作贋
鼎吾亦愛吾鼎

一稽前作者動稱老泉文二十卷遍閱藏
本凡二三處缺略不一無可考仍其舊可

也獨分卷嫌其瑣、遂合爲十三卷

蘇老泉本傳

蘇洵字明允眉州人年二十七始發憤爲學歲餘舉進士又舉茂才異等皆不中退而歎曰此不足爲吾學也悉取所爲文數百篇焚之益閉戸讀書絶筆不爲文辭者五六年久之慨然曰可矣由是下筆頃刻數千言嘉祐間與其二子軾轍皆至京師翰林學士歐陽修見其所著書二十二篇稱之曰荀卿子之文也宰相韓琦奏

於朝召試舍人院辭疾不至遂除校書郎會太常修纂建隆以來禮書乃以爲霸州文安縣主簿與陳州項城令姚闢同修禮書爲太常因革禮一百卷書成方奏未報卒賜其家縑銀二百子軾辭所賜求贈官特贈光祿寺丞有文集二十卷謚法三卷曾鞏曰洵盖少或百字多或千言其指事析理引物托喻侈能盡之約遠能見之近大能使之微小能使之著煩能不亂肆能

不流其雄壯俊偉若決江河而下也其輝光明
白若引星辰而上也

蘇老泉文集

卷一

幾策

審勢

審敵

茅坤曰宋忠厚立國其失也弱故蘇氏父子往往注議于此以矯當世看他回護轉換救首救尾之妙

蘇老泉文集卷一

幾策

焦竑曰易言幾者吉之先見者也何不兼言凶見幾而作凶亦吉倚老泉幾策所以作也

審勢

立一句大意起

治天下者定所上所上一定至於千萬年而不變使民之耳目純于一而子孫有所守易以爲治故三代聖人其後世遠者至七八百年夫豈惟其民之不忘其功以至于是蓋其子孫得其祖宗之法而爲依據可以永久夏之尚忠商之

唐順之曰老泉自負才如賈誼故監議每援據賈誼

焦竑曰賴小變一轉不然幾于

尚質周之尚文視天下之所宜尚而固執之以此而始以此而終不朝文而暮質以自潰亂故聖人者出必先定一代之所尚周之世葢有周公爲之制禮而天下遂尚文後世有賈誼者說漢文帝亦欲先定制度而其說不果用今者天下幸方治安子孫萬世帝王之計不可不預定于此時然萬世帝王之計常先定所尚使其子孫可以安坐而守其舊至於政弊然後變其小

膠柱刻舟

焦竑曰權從審勢來權亦是經

節而其大體卒不可革易故享世長遠而民不苟簡今也考之于朝野之間以觀國家之所尚者而愚猶有惑也何則天下之勢有彊弱聖人審其勢而應之以權勢彊矣彊甚而不已則折勢弱矣弱甚而不已則屈聖人權之而使其甚不至於折與屈者威與惠也夫彊甚者威竭而不振弱甚者惠褻而下不以爲德故處弱者利用威而處彊者利用惠乘彊之威以行惠則惠

句蘊藉

茅坤曰强弱二字八轉雙關而文不可羈制

尊乘弱之惠以養威則威發而天下震慄故威與惠者所以裁節天下彊弱之勢也然而不知彊弱之勢者有殺人之威而下不懼有生人之惠而下不喜何者威竭而惠褻故也故有天下者必先審知天下之勢而後可與言用威惠不先審知其勢而徒曰我能用威我能用惠者末也故有彊而益之以威弱而益之以惠以至於折與屈者是可悼也譬之人身將欲飲藥餌石

焦竑曰如子產戒水濡所以救世也孔子正謂遺愛

以養其生必先審觀其性之爲陰其性之爲陽而投之以藥石藥石之陽而投之以陰藥石之陰而投之以陽故陰不至於涸而陽不至於亢苟不能先審觀己之爲陰與己之爲陽而以陰攻陰以陽攻陽則陰者固死於陰而陽者固死於陽不可救也是以善養身者先審其陰陽而善制天下者先審其彊弱以爲之謀昔者周有天下諸侯大盛當其盛時大者已有地五百里

茅坤曰周秦二証極快

而畿內反不過千里其勢爲弱秦有天下散爲郡縣聚爲京師守令無大權柄伸縮進退無不在我其勢爲彊然方其成康在上諸侯無小大莫不臣伏弱之勢未見於外及其後世失德而諸侯禽奔獸遯各固其國以相侵攘而其上之人卒不悟區區守姑息之道而望其能以制服彊國是謂以弱政濟弱勢故周之天下卒斃於弱秦自孝公其勢固已駸駸焉日趨於彊大及

焦竑曰周曰不知權秦曰不知本老蘇意中原以惠為本威以救敝耳作者苦心斟酌處

唐順之曰欲言宋弱先言宋強斟議却妙

其子孫已并天下而亦不悟專任法制以斬撻平民是謂以彊政濟彊勢故秦之天下卒斃於彊周拘於惠而不知權秦勇於威而不知本二者皆不審天下之勢也吾宋制治有縣令有郡守有轉運使以大系小絲牽繩聯總合於上雖其地在萬里外方數千里擁兵百萬而天子一呼于殿陛間三尺豎子馳傳捧詔召而歸之京師則解印趨走惟恐不及如此之勢秦之所恃

茅坤曰只說箇影

焦竑曰老泉識此等弱幾故推書御書正對病

以彊之勢也勢彊矣然天下之病常病於弱噫有可彊之勢如秦而反陷於弱者何也習於惠而怯於威也惠太甚而威不勝也夫其所以習於惠而惠太甚者賞數而加於無功也怯於威而威不勝者刑弛而兵不振也由賞與刑與兵之不得其道是以有弱之實著于外焉何謂弱之實曰官吏曠惰職廢不舉而敗官之罰不加嚴也多贖數赦不問有罪而典刑之禁不能行

發藥與七術篇論威取及刑棄厥重輕罪者不同

茅坤曰轉疑正在政不在勢一句

也冗兵驕狂負力幸賞而維持姑息之恩不敢
節也將帥覆軍匹馬不返而敗軍之責不加重
也羌胡彊盛凌壓中國而邀金繒增幣帛之耻
不爲怒也若此類者太弱之實也久而不治則
又將有大於此而遂浸微浸消釋然而潰以至
於不可救止者乘之矣然愚以爲弱在於政不
在於勢是謂以弱政敗彊勢今夫一輿薪之火
衆人之所憚而不敢犯者也舉而投之河則何

入喻方醒人

茅坤曰奇旨在此

熱之能爲是以負彊秦之勢而溺於弱周之弊
而天下不知其彊焉者以此也雖然政之弱非
若勢弱之難治也借如弱周之勢必變易其諸
侯而後彊可能也天下之諸侯固未易變易此
又非一日之故也若夫弱政則用威而已矣可
以朝改而夕定也夫齊古之彊國也而威王又
齊之賢王也當其即位委政不治諸侯並侵而
人不知其國之爲彊國也一旦發怒裂萬家封

茅坤曰疾風驟雨所謂不測之刑賞

坤曰摠不出韓棠臼

即墨大夫召烹阿大夫與常譽阿大夫者而發兵擊趙魏趙魏盡走請和而齊國人人震懼不敢飾非者彼誠知其政之弱而能用其威以濟其弱也況今以天子之尊藉郡縣之勢言脫於口而四方響應其所以用威之資固已完具且有天下者患不爲焉有爲而不可者今誠能一留意于用威一賞罰一號令一舉動無不一切出於威嚴用刑法而不赦有罪力行果斷而不

焦竑曰威與刑須雜如秋荼如凝脂如猛虎如蒼鷹剛而非威也

茅坤曰從彊政說歸强勢

羣衆人之是非用不測之刑用不測之賞而使天下之人視之如風雨雷電遽然而至截然而下不知其所從發而不可逃遁朝廷如此然後平民益務檢愼而奸民猾吏亦常恐恐然懼刑法之及其身而斂其手足不敢輒犯法此之謂彊政政彊矣爲之數年而天下之勢可以復彊愚故曰乘弱之惠以養威則威發而天下震慄然則以當今之勢求所謂萬世爲帝王而其大

體卒不可革易者其尚威而已矣或曰當今之
勢事誠無便於尚威者然孰知夫萬世之間其
政之不變而必曰威耶愚應之曰威者君之所
恃以爲君也一日而無威是無君也久而政弊
變其小節而參之以惠使不至若秦之甚可也
舉而棄之過矣或者又曰王者任德不任刑任
刑霸者之事非所宜言此又非所謂知理者也
夫湯武皆王也桓文皆霸也武王乘紂之暴出

錢穀曰王不純任德伯不純任刑擘空議論亦是真實議論

民於炮烙斬刖之地苟又遂多殺人多刑人以爲治則民之心去矣故其治一出於禮義彼湯則不然桀之惡固無以異紂然其刑不若紂暴之甚也而天下之民化其風淫惰不事法度書曰有衆率怠弗協而又諸侯昆吾氏首爲亂於是誅鋤其彊梗怠惰不法之人以定紛亂故記曰商人先罰而後賞至於桓文之事則又非皆任刑也桓公用管仲管仲之書好言刑故桓公

焦竑曰春秋亦記霣霜不殺菽老泉非好刑也

唐順之曰一步緊一步

之治常任刑文公長者其佐狐趙先魏皆不說以刑法其治亦未嘗以刑爲本而號亦爲霸而謂湯非王而文非霸也得乎故用刑不必霸而用德不必王各觀其勢之何所宜用而已然則今之勢何爲不可用刑用刑何爲不曰王道彼不先審天下之勢而欲應天下之務難矣

茅坤曰揣料內奴脅制中國之狀極盡事情蘇氏父子論虜大略相此

審敵論

中國內也四夷外也憂在內者本也憂在外者末也夫天下無內憂必有外懼本既固矣盍釋其末以息肩乎曰未也古者夷狄憂在外今者夷狄憂在內釋其末可也而愚不識方今夷狄之憂爲末也古者夷狄之勢大弱則臣小弱則遁大盛則侵小盛則掠吾兵良而食足將賢而士勇則患不在中原如是而曰外憂可也今之

蠻夷姑無望其臣與遁求其志止於侵掠而不可得也北胡驕恣爲日久矣歲邀金繒以數十萬計曩者幸吾有西羌之變出不遜語以撼中國天子不忍使邊民重困於鋒鏑是以虜日益驕而賄日益增迨今凡數十百萬而猶慊然未滿其欲視中國如外府然則其勢又何止數十百萬也夫賄益多則賦歛不得不重賦歛重則民不得不殘故雖名爲息民而其實愛其死而

唐順之曰太爲宋朝增氣

殘其生也名爲外憂而其實憂在內也外憂之不去聖人猶且耻之內憂而不爲之計愚不知天下之所以久安而無變也古者匈奴之彊不過冐頓當暴秦刻剝劉項戰奪之後中國溘然矣以今度之彼宜遂踐入中原如決大河潰蟻壤然卒不能越其疆以有吾尺寸之地何則中原之疆固皆百倍於匈奴雖積衰新造而猶足以制之也五代之際中原無君晉塘苟一時之

焦竑曰景德時敗且得賂況懲而勝乎當時冦公不欲賂以貨財且欲要其稱臣獻幽薊地使冦計獲伸不惟無慶曆之悔亦無靖康之禍矣

利以子行事匈奴割幽燕之地以資其彊大孺子繼立大臣外叛匈奴掃境來寇兵不血刃而京師不守天下被其禍匈奴自是始有輕中原之心以爲可得而取矣及吾宋景德中大舉來寇章聖皇帝一戰而却之遂與之盟以和夫人之情勝則狃狃則敗敗則懲懲則勝匈奴狃石晉之勝而有景德之敗懲景德之敗而愚未知其所勝甚可懼也雖然數十年之間能以無大

許絹二十万疋銀十万兩誤矣緫批

茅坤曰灼見

變者何也匈奴之謀必曰我百戰而勝人人雖屈而我亦勞馳一介入中國以形凌之以勢邀之歲得金錢數十百萬如此數十歲我益數百千萬而中國損數百千萬吾日以富中國日以貧然後足以有爲也天生北狄謂之犬戎投骨於地狺然而爭者犬之常也今則不然邊境之上豈無可乘之釁使之來寇大足以奪一郡小亦足以殺掠數千人而彼不以動其心者此其

志非小也將以蓄其銳而伺吾隙以伸其所大欲故不忍以小利而敗其遠謀古人有言曰爲虺弗摧爲蛇柰何匈奴之勢日長炎炎今也柔而養之以冀其卒無大變其亦惑矣且今中國之所以竭生民之力以奉其所欲而猶恐恐焉懼一物之不稱其意者非謂中國之力不足以支其怒耶然以愚度之當今中國雖萬無有如石晉可乘之勢者匈奴之力雖足以犯邊然今

錢穀曰既說志不上犯邊又說心恐失賂見賂則予其所恐失而轉修其不止犯邊之志文情宛曲折可喜

十數年間吾可以必無犯邊之憂何也非畏吾也其志不止犯邊也其志不止犯邊而力又未足以成其所欲爲則其心惟恐吾之一旦絶其好以失吾之厚賂也然而驕傲不肯少屈者何也其意曰邀之而後固也鷙鳥將擊必匿其形（料敵）昔者冒頓（冒頓育墨特匈奴頭曼太子）欲以攻漢漢使至輒匿其壯士健馬故兵法曰辭卑者進也辭彊者退也今匈奴之君臣莫不張形勢以夸我此其志不欲戰明矣

唐順之曰宋朝無時非惰歸之氣以忌戰耳此不欲戰而賤真吳起懦

闔閭之入楚也因唐蔡勾踐之入吳也因齊晉匈奴誠欲與吾戰耶曩者陝西有元昊之叛河朔有王則之變嶺南有智高之亂此亦可乘之勢矣然終以不動則其志之不欲戰又明矣吁（一揔）彼不欲戰而我遂不與戰則彼既得其志矣兵（兵情名言）法曰用其所欲行其所能廢其所不能於敵反是今無乃與此異乎且匈奴之力既未足以伸其所大欲而奪一郡殺掠數千人之利彼又不

姜寶曰宋國之弱原于賂歟老泉欲絶賂而脩戰脩正對病之藥此策歟歐蘇諸公而當時亦未見用豈深知老泉者

茅坤曰引証漢事激發宋人

以動其心則我勿賂而已勿賂而彼以爲辭則對曰爾何功於吾歲欲吾賂吾有戰而已賂不可得也雖然天下之人必曰此愚人之計也天下孰不知賂之爲害而勿賂之爲利顧勢不可耳愚以爲不然當今夷狄之勢如漢七國之勢昔者高祖急於滅項籍故舉數千里之地以王諸將項籍死天下定而諸將之地因遂不可削當是時非劉氏而王者八國高祖懼其且爲變

以下辨難縱橫

主意在此

錢穀曰大封不度已開亂源況激于提局釀于賜杖至議削而堅冰已見矣君子所以戒履霜也

故大封吳楚齊趙同姓之國以制之既而信越布綰皆誅死而吳楚齊趙之彊反無以制當是時諸侯王雖名爲臣而其實莫不有帝制之心膠東膠西濟南又從而和之於是擅爵人赦死罪戴黃屋刺客公行匕首交於京師罪至彰也勢至逼也然當時之人猶且倘徉容與若不足慮月不圖歲朝不計夕循循而摩之煦煦而吹之幸而無大變以及於孝景之世有謀臣曰鼂

焦竑曰太史公斷錯為之不以漸似謂錯踈于謀老泉正取其

錯始議削諸侯地以損其權天下皆曰諸侯必且反錯曰固也削亦反不削亦反削之則反疾而禍小不削則反遲而禍大吾懼其不及今反也天下皆曰鼂錯愚吁七國之禍期於不免與其發於遠而禍大不若發於近而禍小以小禍易大禍雖三尺童子皆知其當然而其所以不與錯者彼皆不知其勢將有遠禍與知其勢將有遠禍而度已不及見謂可以寄之後人以苟

就客情發主情

疾而禍小愚而忠者也

唐順之曰高識

茅坤曰應鼂錯一段有結措

免吾身者也然則錯爲一身謀則愚而爲天下謀則智人君又安可捨天下之謀而用一身之謀哉今者匈奴之彊不減於七國而天下之人又用當時之議因循維持以至於今方且以爲無事而愚以爲天下之大計不如勿賂勿賂則變疾而禍小賂之則變遲而禍大畏其疾也不若畏其大樂其遲也不若樂其小天下之勢如坐弊船之中駸駸乎將入於深淵不及其尚淺

茅坤曰自影

按龜山先生以漢之七國未若魯之三家處之

也舍之而求所以自生之道而於濡足爲解者是固夫覆溺之道也聖人除患於未萌然後能轉而爲福今也不幸養之以至此而延憂小患又憚而不決則是遠憂大患終不可去也赤壁之戰惟周瑜呂蒙知其勝伐吳之役惟羊祜張華以爲是然則宏遠深切之謀固不能合庸人之意此鼂錯所以爲愚也雖然錯之謀猶有遺憾何者錯知七國必反而不爲備反之計山東

變起而關內騷動今者匈奴之禍又不若七國之難制七國反中原半爲敵國匈奴叛中國以全制其後此又易爲謀也然則謀之柰何曰匈奴之計不過三一曰聲二曰形三曰實匈奴謂中國怯久矣以吾爲終不敢與之抗且其心常欲固前好而得厚賂以養其力今也遽絕之彼必曰戰而勝不如坐而得賂之爲利也華人怯吾可以先聲脅之彼將復賂我於是宣言於遠

有道三家且可墮都而鼂錯何以促亂而取禍則無以鎮服其心耳老泉所云遺憾

焦竑曰：葉適欲于沿邊守作家計，固壯藩籬以保坐，與不可納賂請和，與此論合。然從與戰易破句，氣更雄。唐順之曰：能戰所以能勿賂，然

近我將以其日圍其所以其日攻其所如此謂之聲命邊郡休士卒偃旗鼓寂然若不聞其聲聲既不能動則彼之計將出於形除道翦棘多爲疑兵以臨吾城如此謂之形深溝固壘清野以待寂然若不見其形形又不能動則技止此矣將遂練兵秣馬以出於實實而與之戰破之易爾彼之計必先出於聲與形而後出於實者出於聲與形期我懼而以重賂請和也出於實

所以戰勝之術此篇未盡

唐順之曰頴濱此伏論以作氣為戰守之要意本此

茅坤曰假道伐滑一段應声不

不得已而與我戰以幸一時之勝也夫勇者可以施之於怯不可以施之於智今夫吽呼跳踉以氣先者世之所謂善鬬者也雖然蓄全力以待之則未始不勝彼吽呼者聲也跳踉者形也無以待之則聲與形者亦足以乘人於卒不然徒自弊其力於無用之地是以不能勝也韓許公節度宣武軍李師古忌公嚴整使來告曰吾將假道伐滑公曰爾能越吾界爲盜邪有以相

能動除道翦棘一段應形不能動師古詐窮應戰之易破

茅坤曰豈契丹當時亦幼主耶

待無爲虛言滑帥告急公使謂曰吾在此公安無恐或告除道翦棘兵且至矣公曰兵來不除道也師古詐窮遷延以遁愚故曰彼計出於聲與形而不能動則技止此矣與之戰破之易耳方今匈奴之君有內難新立意其必易與鄰國之難覇王之資也且天與不取將受其弊賈誼曰大國之王幼弱未壯漢之所置傅相方握其事數年之後大抵皆冠血氣方剛漢之傅相以

茅坤曰此結法以客爲主泠淡有味

病而賜罷當是之時而欲爲安雖堯舜不能嗚呼是七國之勢也

蘇老泉文集

卷二

權書

明間
孫武
子貢
六國
項籍
高祖

茅坤曰書皆孫吴餘智余不欲删其文故並存之錄于此參以孫武十三篇兵事思過半矣

錢穀曰權以用仁濟義何干櫓之非詩書老泉說得無弊

蘇老泉全集卷二

權書

權書敘

人有言曰儒者不言兵仁義之兵無術而自勝使仁義之兵無術而自勝也則武王何用乎太公而牧野之戰四伐五伐六伐七伐乃止齊焉又何用也權書兵書也而所以用仁濟義之術也吾疾夫世之人不究本末而妄以我爲孫武

之徒也夫孫氏之言兵爲常言也而我以此書爲不得已而言之之書也故仁義不得已而後吾權書用焉然則權者爲仁義之窮而作也

唐順之曰自孫子講攻篇傳神來老泉自謂孫吳之簡切無不如意是也

茅坤曰此文多名言但每段自為支節蓋被古兵法與傳記而雜出者非通章起伏開合之文也

心術

爲將之道當先治心泰山崩於前而色不變麋鹿興於左而目不瞬然後可以制利害可以待敵凡兵上義不義雖利勿動非一動之爲害而他日將有所不可措手足也夫惟義可以怒士士以義怒可與百戰凡戰之道未戰養其財將戰養其力既戰養其氣既勝養其心謹烽燧嚴斥堠使耕者無所顧忌所以養其財豐犒而優

焦竑曰智而嚴可了篇中將道

游之所以養其力小勝益急小挫益厲所以養其氣用人不盡其所欲爲所以養其心故士常蓄其怒懐其欲而不盡怒不盡則有餘勇欲不盡則有餘貪故雖并天下而士不厭兵此黃帝之所以七十戰而兵不殆也不養其心一戰而勝不可用矣凡將欲智而嚴凡士欲愚智則不可測嚴則不可犯故士皆委巳而聽命夫安得不愚夫惟士愚而後可與之皆死凡兵之動知

五段各用一体法变

集註曰孫子所謂行千里而不勞者

集註曰孫子所謂雜于利而務可信雜于害而患可解

敵之主知敵之將而後可以動於嶮鄧艾縋兵於穴中非劉禪之庸則百萬之師可以坐縛彼固有所侮而動也故古之賢將能以兵嘗敵而又以敵自嘗故去就可以決凡主將之道知理而後可以舉兵知勢而後可以加兵知節而後可以用兵知理則不屈知勢則不沮知節則不窮見小利不動見小患不避小利小患不足以辱吾技也夫然後可以支大利大患夫惟養技

穴一作蜀

任黄皓正其庸處

茅坤曰此一段用詰論趣有變化

錢穀曰孫之臧竈虞之增竈趙之開營檀之唱籌術正如此

唐順之曰末歸于有備無患

而自愛者無敵於天下故一忍可以支百勇一靜可以制百動兵有長短敵我一也敢問吾之所長吾出而用之彼將不與吾校吾之所短吾蔽而置之彼將強與吾角柰何曰吾之所短吾抗而暴之使之疑而却吾之所長吾陰而養之使之狎而墮其中此用長短之術也善用兵者使之無所顧有所恃無所顧則知死之不足惜有所恃則知不至於必敗尺箠當猛虎奮呼而

茅坤曰前言物
後言人意合而
法幻

搏擊徒手遇蜥蜴變色而却步人之情也知此者可以將矣袒裼而按劒則烏獲不敢逼冠冑衣甲據兵而寢則童子彎弓殺之矣故善用兵者以形固夫能以形固則力有餘矣

茅坤曰此書似十三篇中作戰虛實類

焦竑曰忍辱巾幗得持之之術楊儀整兵便思乘之

焦竑曰挾纊投醪多是此意然

法制

將戰必審知其將之賢愚與賢將戰則持之與愚將戰則乘之持之則容有所伺而爲之謀乘之則一舉而奪其氣雖然非愚將勿乘乘之不動其禍在我分兵而迭進所以持之也并力而一戰所以乘之也古之善軍者以刑使人以賞使人以怒使人而其中必有以義附者焉不以戰不以掠而以備急難故越有君子六千人韓

按索隱曰君子君養之如子者

兵法有曰驕子一不可用此處更有權宜在

茅坤曰隨衆隨寡隨易隨險經略俱中未知老泉實試之何如耳

之戰秦之鬬士倍於晋而出穆公於淖者赦食馬者也兵或寡而易危或衆而易叛莫難於用衆莫危於用寡治衆者法欲繁繁則士難以動治寡者法欲簡簡則士易以察不然則士不任戰矣惟衆而繁雖勞不害爲强以衆入險阻必分軍而疎行夫嶮阻必有伏伏必有約軍分則伏不知所擊而其約攜矣嶮阻懼蹙疎行以紓士氣兵莫危於攻莫難於守客主之勢然也故

地有二不可守兵少不足以實城城小不足以容兵夫惟賢將能以寡爲衆以小爲大當敵之衝人莫不守我以疑兵彼愕不進雖告之曰此無人彼不信也度彼所襲潛兵以備彼不我測謂我有餘夫何患兵少偃旗仆鼓寂若無氣嚴戢兵士敢譁者斬時令老弱登埤示怯乘懈突擊其衆可走夫何患城小背城而戰陣欲方欲踞欲密欲緩夫方而踞密而緩則士心固固則

焦竑曰用人者怒而撓之利而誘之強而避之亂而取之此云以自觀者用人文便多采

不懾背城而戰欲其不懾面城而戰陣欲直欲銳欲疎欲速夫直而銳疎而速則士心危危則致死面城而戰欲其致死夫能靜而自觀者可以用人矣吾何爲則怒吾何爲則喜吾何爲則勇吾何爲則怯夫人豈異於我天下之人孰不能自觀其一身是以知此理者塗之人皆可以將平居與人言一語不循故猶且騁而忌敵以形形我恬而不怪亦已固矣是故智者視敵有

焦竑曰兵法佯北勿從亦是此意

無故之形必謹察之勿動疑形二可疑於心則疑而爲之謀心固得其實也可疑於目勿疑彼敵疑我也是故心疑以謀應目疑以靜應彼誠欲有所爲邪不使吾得之目矣

茅坤曰大略祖孫武子三駟中議論三駟者射千金之術非大將謀國之全也

强弱

知有所甚愛知有所不足愛可以用兵矣故夫善將者以其所不足愛者養其所甚愛者士之不能皆銳馬之不能皆良器械之不能皆利固也處之而已矣兵之有上中下也是兵之有三權也孫臏有言曰以君下駟與彼上駟取君上駟與彼中駟取君中駟與彼下駟此兵說也非馬說也下之不足以與其上也吾旣知之矣吾

茅坤曰通篇以古事立論而經緯成文

既棄之矣中之不足以與吾上下之不足以與吾中吾不既再勝矣乎得之多於棄也吾斯從之矣彼其上之不得其中下之援也乃能獨完耶故曰兵之有上中下也是兵之有三權也三權也者以一致三者也管仲曰攻堅則瑕者堅攻瑕則堅者瑕嗚呼不從其瑕而攻之天下皆强敵也漢高帝之憂在項籍耳雖然親以其兵而與之角者葢無幾也隨何取九江韓信取魏

錢穀曰：諸葛不亡，漢必不亡。亡之豈角魏之故

取代取趙取齊然後高帝起而取項籍夫不汲汲於其憂之所在而彷徨乎其不足卹之地彼蓋所以孤項氏也秦之憂在六國蜀最僻最小最先取楚最强最後取非其憂在蜀也諸葛孔

不說孤楚

明一出其兵乃與魏氏角其亡宜也取天下取一國取一陣皆如是也范蠡曰凡陣之道盖左以爲牡設右以爲牝春秋時楚伐隋季梁曰楚人上左君必左無與王遇且攻其右右無良焉

焦竑曰善用弱正善用強攻守篇所謂佚道悠敵有餌兵勿食者又奈何

必敗偏敗衆乃攜蓋一陣之間必有牝牡左右要當以吾强攻其弱耳唐太宗曰吾自典兵習觀行陣形勢每戰視敵强其左吾亦强吾左弱其右吾亦弱吾右使弱常遇强强常遇弱敵犯吾弱追奔不過數十百步吾擊敵弱常突出自背反攻之以是必勝後之庸將既不能處其强弱以敗而又曰吾兵有老弱雜其間非舉軍精銳以故不能勝不知老弱之兵兵家固亦不可

茅坤曰結簡健

無無之是無以耗敵之强兵而全吾之銳鋒敗
可俟矣故智者輕棄吾弱而使敵輕用其强忘
其小喪而志於大得夫固要其終而已矣

茅坤曰按古傳記論奇道伏道處古今名言按鄧艾伐蜀自陰平行無人之地七百里可曰攻所不守周亞夫乎七國堅壁拒吳吳奔壁東南隅亞夫使備西北已而吳兵果奔西北不得入遂亂適無可曰守所不攻

攻守

古之善攻者不盡兵以攻堅城善守者不盡兵以守敵衝夫盡兵以攻堅城則鈍兵費糧而緩於成功盡兵以守敵衝則兵不分而彼間行襲我無備故攻敵所不守守敵所不攻攻者有三道焉守者有三道焉三道一曰正二曰奇三曰伏坦坦之路車轂擊人肩摩出亦此入亦此我所必攻彼所必守者曰正道大兵攻其南銳兵

唐順之曰絶任

出其北大兵攻其東銃兵出其西者曰奇道大山峻谷中盤絶徑潛師其間不鳴金不撾鼓突出乎平川以衝敵人腹心者曰伏道故兵出於正道勝敗未可知也出於奇道十出而五勝矣出於伏道十出而十勝矣何則正道之城堅城也正道之兵精兵也奇道之城不必堅也奇道之兵不必精也伏道則無城也無兵也攻正道而不知奇道與伏道焉者其將木偶人是也守

奇者亦非善將兵以正合以奇勝奇正還相生如環之無端故武侯不用子午谷之計非惡奇也以其純任奇也

正道而不知奇道與伏道焉者其將亦木偶人是也今夫盜之於人抉門斬關而入者有焉他戶之不扃鍵而入者有焉乘壞垣坎牆趾而入者有焉抉門斬關而主人不之察幾希矣他戶之不扃鍵而主人不之察太半矣乘壞垣坎牆趾而主人不之察皆是矣爲主人者宜無曰門之固而他戶牆隙之不卹焉夫正道之兵抉門之盜也奇道之兵他戶之盜也伏道之兵乘垣

此段肖孟子文

就譬上一轉波瀾

焦竑曰文字樸訥固難此援証凡九錯而辨宕而嚴法之家化者

之盜也所謂正道者若秦之函谷吳之長江蜀之劍閣是也昔者六國嘗攻函谷矣而秦將敗之曹操嘗攻長江矣而周瑜走之鍾會嘗攻劍閣矣而姜維拒之何則其爲之守備者素也劉濞反攻大梁田祿伯請以五萬人別循江淮收淮南長沙以與濞會武關岑彭攻公孫述自江州泝都江破侯丹兵徑拔武陽繞出延岑軍後疾以精騎赴廣都距成都不數十里李愬攻蔡

千古隻眼

茅坤曰攻守之策具見此篇老蘊胸中有武庫

又曰欲識經滈不可不讀輿地圖

蔡悉精卒以抗李光顔而不備愬愬自文成破張柴疾馳二百里夜半到蔡黎明擒元濟此用奇道也漢武攻南越唐蒙請發夜郎兵浮船牂牁江道番禺城下以出越人不意鄧艾攻蜀自陰平由景谷攀木緣磴魚貫而進至油江而降馬邈至綿竹而斬諸葛瞻遂降劉禪田令孜守潼關關之左有谷曰禁而不之備林言尚讓入之夾攻關而關兵潰此用伏道也吾觀古之善

用兵者一陣之間尚猶有正兵奇兵伏兵三者
以取勝況守一國攻一國而社稷之安危係焉
者其可以不知此三道而欲使之將耶

唐順之曰：五間之外，更想出一間來立議，出孫子上。

茅坤曰：奇險之議。

按孫子一曰鄉間，如韋孝寬以金帛啗齊人，而齊人遙通書疏。一曰內間，如越王之賂太宰嚭，吳王之納伍子胥。一曰反間，如

用間

孫武既言五間，則又有曰：商之興也，伊摯在夏；周之興也，呂牙在商。故明君賢將能以上智爲間者，必成大功，此兵之要，三軍所恃而動也。按書伊尹適夏，醜夏歸亳；史太公嘗事紂，去之歸周。所謂在夏在商誠矣，然以爲間何也？湯、文王固使人間夏商耶？伊、呂故與人爲間耶？桀、紂固待間而後可伐耶？是雖甚庸，亦知不然矣。然則

陳平佯驚楚使而離間范增趙奢善食秦間而歸告其將一曰死間如酈生之見烹于齊曹太尉使僧吞蠟丸入西夏而併其謀臣亦見殺一曰生間如婁敬之覘匈奴秦使之入晉軍

焦竑曰命武王與天下共亡之

吾意天下存亡寄於一人伊尹之在夏也湯必曰桀雖暴一旦用伊尹則民心復安吾何病焉及其歸亳也湯必曰桀得伊尹不能用必亡矣吾不可以安視民病遂與天下共亡之呂牙之在商也文王必曰紂雖虐一旦用呂牙則天祿必復吾何憂焉及其歸周也文王必曰紂得呂牙不能用必亡矣吾不可以久遏天命遂命武王與天下共亡之然則夏商之存亡待伊呂用

句太險所謂文人之口難以理程者也

否而决今夫問將之賢者必曰能逆知敵國之勝敗問其所以知之之道必曰不愛千金故能使人爲之出萬死以間敵國或曰能因敵國之使而探其陰計嗚呼其亦勞矣伊呂一歸而夏商之國爲决亡使湯武無用間之名與用間之勞而得用間之實此非上智其誰能之夫兵雖詭道而本於正者終亦必勝今五間之用其歸於詐成則爲利敗則爲禍且與人爲詐人亦將

且詐我故能以間勝者亦或以間敗吾間不忠反爲敵用一敗也不得敵之實而得敵之所僞示者以爲信二敗也受吾財而不能得敵之陰計懼而以僞告我三敗也夫用心於正一振而群綱舉用心於詐百補而千穴敗智於此不足恃也故五間者非明君賢將之所上明君賢將之所上者上智之間也是以淮陰曲逆義不事楚而高祖擒籍之計定左車周叔不用於趙魏

茅坤曰論三敗剎骨

茅坤曰賴有此證

而淮陰進兵之謀決嗚呼是亦間也

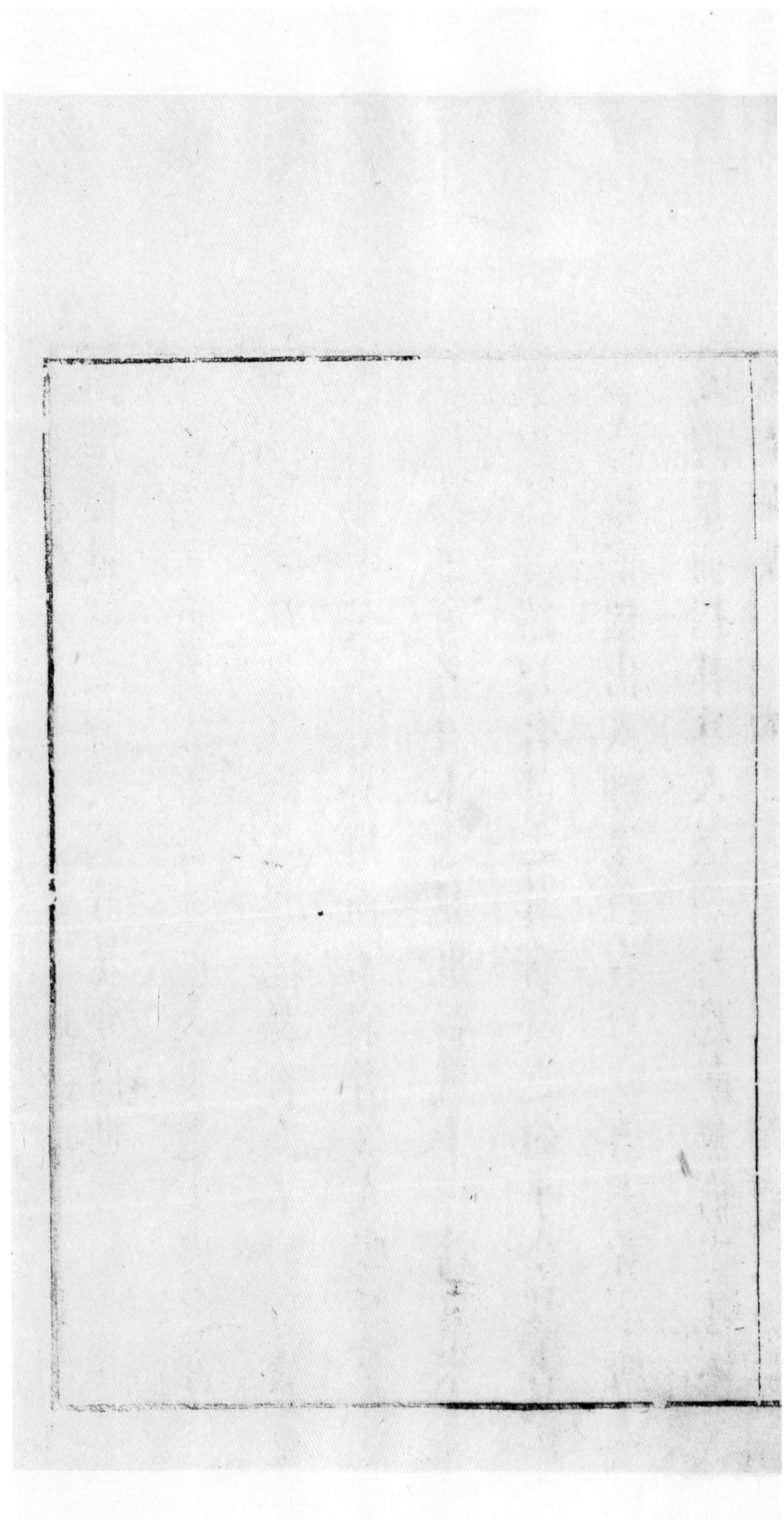

茅坤曰通篇按武成敗事以責之而文多煙波生色處

孫武

求之而不窮者天下奇才也天下之士與之言兵而曰我不能者幾人求之於言而不窮者幾人言不窮矣求之於用而不窮者幾人嗚呼至於用而不窮者吾未之見也孫武十三篇兵家舉以爲師然以吾評之其言兵之雄乎今其書論奇權密機出入神鬼自古以兵著書者罕所及以是而揣其爲人必謂有應敵無窮之才不

按東坡論孫武亦曰智有餘而未知其所以用智

知武用兵乃不能必克與書所言遠甚吳王闔廬之入郢也武爲將軍及秦楚交敗其兵越王入踐其國外禍內患一旦迭發吳王奔走自救不暇武殊無一謀以弭斯亂若按武之書以責武之失凡有三焉九地曰威加於敵則交不得合而武使秦得聽包胥之言出兵救楚無忌吳之心斯不威之甚其失一也作戰曰久暴師則鈍兵挫銳屈力殫貨則諸侯乘其弊而起且武

以九年冬伐楚至十年秋始還可謂久暴矣越人能無乘間入國乎其失二也又曰殺敵者怒也今武縱子胥伯嚭鞭平王尸復一夫之私忿以激怒敵此司馬戌子西子期所以必死讐吳也勾踐不頹舊塚而吳服田單譎燕掘墓而齊奮知謀與武遠矣武不達此其失三也然始吳能以入郢乃因胥嚭唐蔡之怒及乘楚旡之不仁武之功蓋亦鮮矣夫以武自為書尚不能自

茅坤曰當考越之入吳武猶生而將兵否

集疏曰太史公孫吳贊有曰能行之者未必能言能言之者未必能行則二子若無上下

用以取敗北况區區祖其故智餘論者而能將
乎且吳起與武一體之人也皆著書言兵世稱
之曰孫吳然而吳起之言兵也輕法制草略無
所統紀不若武之書詞約而意盡天下之兵說
皆歸其中然吳起始用於魯破齊及入魏又能
制秦兵入楚楚復霸而武之所爲反如是書之
不足信也固矣今夫外御一隸內治一妾是賤
丈夫亦能夫豈必有人而教之及夫御三軍之

茅坤曰數轉番覆烟波可愛

焦竑曰老泉論治衆如治寡更出孫子分數之外

衆闘營而自固或且有亂然則是三軍之衆惑之也故善將者視三軍之衆與視一隸一妾無加焉故其心常若有餘夫以一人之心當三軍之衆而其中恢恢然猶有餘地此韓信之所以多多而益辦也故夫用兵豈有異術哉能勿視其衆而已矣

茅坤曰亂齊滅吳存魯戰國傾危之習決非子貢事而老泉此論却足以補子貢之所不及又曰蘇氏父子之學出于戰國縱橫者多故此策大略窃陳軫蘇秦之餘而爲計甚工

子貢

君子之道智信難信者所以正其智也而智常至於不正智者所以通其信也而信常至於不通是故君子慎之也世之儒者曰徒智可以成也人見乎徒智之可以成也則舉而棄乎信吾則曰徒智可以成也而不可以繼也子貢之以亂齊滅吳存魯也吾悲之彼子貢者遊說之士苟以邀一時之功而不以可繼爲事故不見其

按家語有亂齊滅吳之事孔子曰存魯吾之初願強晉以敝吳使吳亡而越伯者賜之說也矣

禍使夫王公大人而計出於此則吾未見其不旋踵而敗也吾聞之王者之兵計萬世而動霸者之兵計子孫而舉彊國之兵計終身而發求可繼也子貢之兵是明日不可用也故子貢之出也吾以爲魯可存也而齊可無亂吳可無滅何也田常之將篡也憚高國鮑晏故使移兵伐魯爲賜計者莫若抵高國鮑晏弔之彼必愕而問焉則對曰田常遣子之兵伐魯吾竊哀子之

言傷信慎言哉
左傳越滅吳在
哀公二十二年
是時孔子卒已
七年則非孔子
所及言矣而子
貢使齊之事亦
不經見惟韓非
子曰齊將攻魯
魯使子貢說齊
不聽而卒加兵
于魯初無說吳
越事
錢穀曰老泉之
計智不妨信

將亡也彼必詰其故則對曰齊之有田氏猶人之養虎也子之於齊猶肘股之於身也田氏之欲肉齊久矣然未敢逞志者懼肘股之捍也今子出伐魯肘股去矣田氏孰懼哉吾見身將磔裂而肘股隨之所以弔也彼必懼而咨計於我因教之曰子悉甲趨魯壓境而止吾請爲子潛約魯侯以待田氏之變帥其兵從子入討之爲齊人討之彼懼田氏之禍其勢不得不聽歸以

茅坤曰引證切事情

約魯侯魯侯懼齊伐其勢亦不得不聽因使練兵蒐乘以俟齊釁誅亂臣而定新主齊必德魯數世之利也吾觀仲尼以爲齊人不與田常者半故請哀公討之今誠以魯之衆從高國鮑晏之師加齊之半可以轘田常於都市其勢甚便其成功甚大惜乎賜之不出於此也齊哀王舉兵誅呂氏呂氏以灌嬰爲將拒之至滎陽嬰使使諭齊及諸侯連和以待呂氏變共誅之今田

又曰一句中主客相形作結筆力奇雋

氏之勢何以異此有魯以爲齊有高國鮑晏以爲灌嬰惜乎賜之不出於此也

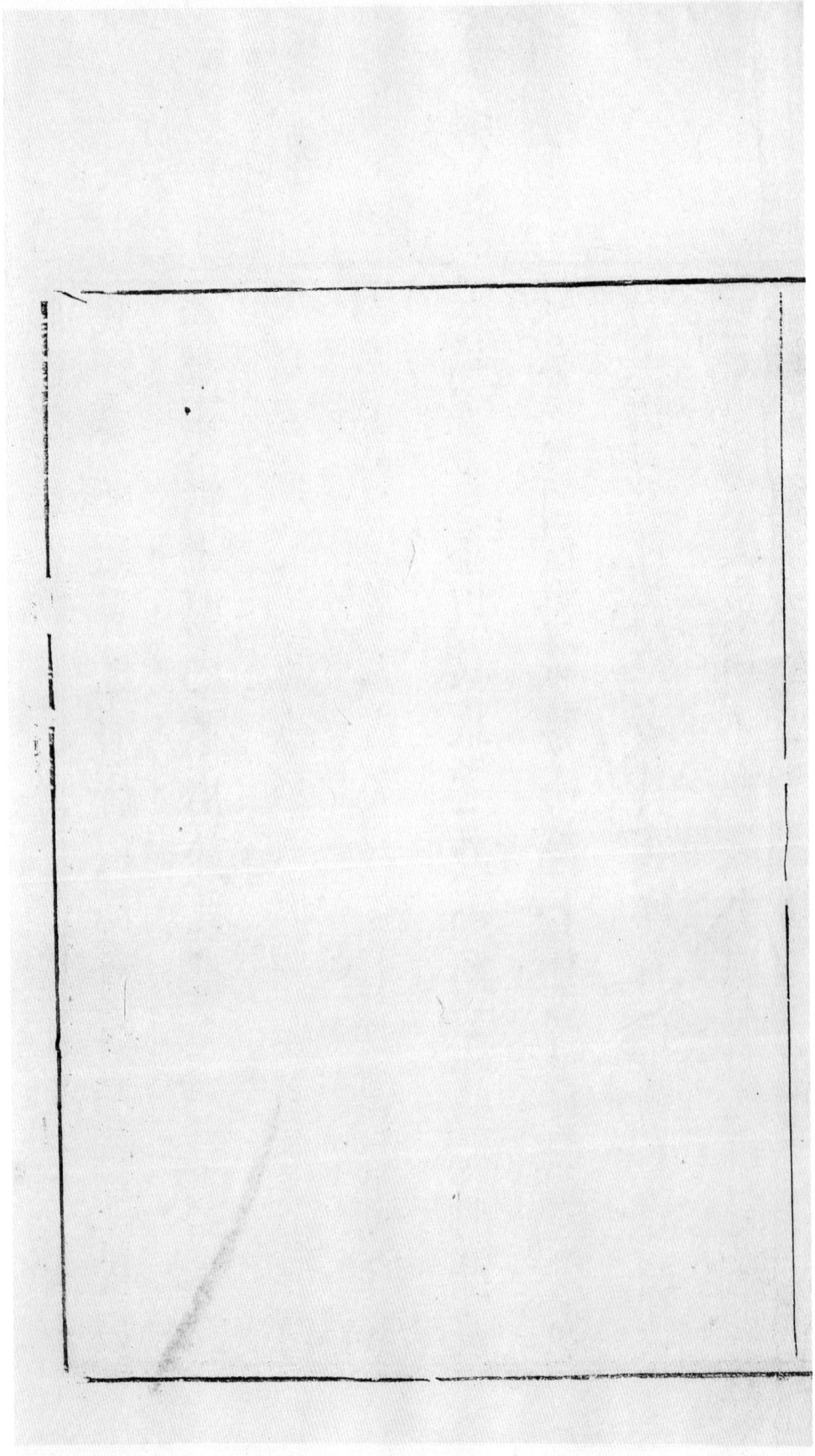

唐順之曰一篇論在賂秦滅國爲意在宋賂契丹事真深謀遠慮
茅坤曰議從戰國縱人來文亦與戰國策相伯仲

六國

六國破滅非兵不利戰不善弊在賂秦賂秦而力虧破滅之道也或曰六國互喪率賂秦耶曰不賂者以賂者喪蓋失彊援不能獨完故曰弊在賂秦也秦以攻取之外小則獲邑大則得城較秦之所得與戰勝而得者其實百倍諸侯之所亡與戰敗而亡者其實亦百倍則秦之所大欲諸侯之所大患固不在戰矣思厥先祖父暴霜

一轉伏齊之案

焦竑曰韓魏塞秦之衝蔽山東諸侯爲諸侯計者莫如厚韓魏以擯秦〻人不敢踰韓魏以窺齊楚燕趙而齊楚燕趙因得自完故韓魏楚賂秦則齊雖恃處燕趙雖累勝究竟侵之

露斬荊棘以有尺寸之地子孫視之不甚惜舉以與人如棄草芥今日割五城明日割十城然後得一夕安寢起視四境而秦兵又至矣然則諸侯之地有限暴秦之欲無厭奉之彌繁侵之愈急故不戰而强弱勝負已判矣至於顛覆理固宜然古人云以地事秦猶抱薪救火薪不盡火不滅此言得之齊人未嘗賂秦終繼五國遷滅何哉與嬴而不助五國也五國既喪齊亦不

儀鉉曰一燕趙如此况六國一志乎

免矣燕趙之君始有遠略能守其土義不賂秦是故燕雖小國而後亡斯用兵之效也至丹以荆卿爲計始速禍焉趙嘗五戰于秦二敗而三勝後秦擊趙者再李牧連却之洎牧以讒誅邯鄲爲郡惜其用武而不終也且燕趙處秦革滅殆盡之際可謂智力孤危戰敗而亡誠不得已向使三國各愛其地齊人勿附于秦刺客不行良將猶在則勝負之數存亡之理當與秦相較

楚 韓 魏 齊 燕 趙

茅坤曰忽入時事感慨

或未易量嗚呼以賂秦之地封天下之謀臣以事秦之心禮天下之奇才并力西嚮則吾恐秦人食之不得下咽也悲夫有如此之勢而爲秦人積威之所劫日削月割以趨於亡爲國者無使爲積威之所劫哉夫六國與秦皆諸侯其勢弱於秦而猶有可以不賂而勝之之勢苟以天下之大而從六國破亡之故事是又在六國下矣

旨在此句

唐順之曰先抑後揚文家靈寶法

茅坤曰雖非確論行文却縱横可愛

高帝

漢高帝挾數用術以制一時之利害不如陳平揣摩天下之勢舉指摇目以刼制項羽不如張良微此二人則天下不歸漢而高帝乃木強之人而止耳然天下已定後世子孫之計陳平張良智之所不及則高帝常先爲之規畫處置以中後世之所爲曉然如目見其事而爲之者蓋高帝之智明於大而暗於小至於此而後見也

林希元曰安劉必勃之言若為呂氏必不斷呂后言其斬噲者或溺愛戚姬中讒嫉發耶

錢穀曰高帝崩太后即命呂台呂產將南北軍惠帝崩太后即欲立諸呂為王想在高帝時必有端可見者泉

帝常語呂后曰周勃厚重少文然安劉氏必勃也可令為太尉方是時劉氏既安矣勃又將誰安邪故吾之意曰高帝之以太尉屬勃也知有呂氏之禍也雖然其不去呂后何也勢不可也昔者武王没成王幼而三監叛帝意百歲後將相大臣及諸侯王有武庚祿父者而無有以制之也獨計以為家有主母而豪奴悍婢不敢與嬖子抗呂后佐帝定天下為大臣素所畏服獨

讀書有眼力

辨得悉

不甚篤實

李載贄曰此論因高祖命平勃即軍中斬樊噲事遂作一段議論是窮思極處刻苦作文處

此可以鎮壓其邪心以待嗣子之壯故不去呂后者爲惠帝計也呂后既不可去故削其黨以損其權使雖有變而天下不搖是故以樊噲之功一旦遂欲斬之而無疑嗚呼彼豈獨於噲不仁耶且噲與帝偕起拔城陷陣功不爲少矣方亞夫嗾項莊時微噲誚讓羽則漢之爲漢未可知也一旦人有惡噲欲滅戚氏者時噲出伐燕立命平勃即斬之夫噲之罪未形也惡之者誠

波瀾

按漢高使平勃斬噲而畏高后乃執噲詣長安則帝已崩矣故亦遠其憂

僞未必也且高帝之不以一女子斬天下之功臣亦明矣彼其娶於呂氏呂氏之族若產祿輩皆庸才不足卹獨噲豪健諸將所不能制後世之患無大於此矣夫高帝之視呂后也猶醫者之視堇也使其毒可以治病而無至於殺人而已矣樊噲死則呂氏之毒將不至於殺人高帝以爲是足以死而無憂矣彼平勃者遺其憂者也噲之死於惠之六年也天也其使尚在則呂

悉斬噲之由

一篇主意

又生波瀾無

茅坤曰高帝死而吕后獨任陳平未必不由不斬噲一着然噲不死亦未必助祿產叛觀其諍羽鴻門與排闥而諫噲亦似有氣岸而能守正者豈可以屠狗之雄處逆其詐哉蘇氏父子兄弟往往以事後成敗摭拾人得失類如此

此數句便無力

洗發作掉尾

祿不可紿太尉不得入北軍矣或謂噲於帝最親使之尚在未必與產祿叛夫韓信黥布盧綰皆南面稱孤而綰又最爲親幸然及高祖之未崩也皆相繼以逆誅誰謂百歲之後椎埋屠狗之人見其親戚乘勢爲帝王而不欣然從之邪吾故曰彼平勃者遺其憂者也

唐順之曰此借項籍論宋時當都關中
茅坤曰文特雄近戰國策

項籍

吾嘗論項籍有取天下之才而無取天下之慮曹操有取天下之慮而無取天下之量劉備有取天下之量而無取天下之才故三人者終其身無成焉且夫不有所棄不可以得天下之勢不有所忍不可以盡天下之利是故地有所不取城有所不攻勝有所不就敗有所不避其來不喜其去不怒肆天下之所爲而徐制其後乃

主客並起作勢

慮字量字爲骨

忍棄

克有濟嗚呼項籍有百戰百勝之才而死於垓下無慼也吾觀其戰於鉅鹿也見其慮之不長量之不大未嘗不怪其死於垓下之晚也方籍之渡河沛公始整兵嚮關籍於此時若急引軍趨秦及其鋒而用之可以據咸陽制天下不知出此而區區與秦將爭一旦之命既全鉅鹿而猶徘徊河南新安間至函谷則沛公入咸陽數月矣夫秦人既已安沛公而讐籍則其勢不得

唐順之曰本以形勢立論又云

貴沛公而伉籍其勢不得強而臣又進形勢一步

陳諫儒曰項籍戰鉅鹿沛公得乘虛破關天也人與然項籍慓悍所過殘滅諸將不願與入秦

强而臣故籍雖遷沛公漢中而卒都彭城使沛公得還定三秦則天下之勢在漢不在楚楚雖百戰百勝尚何益哉故曰兆垓下之死者鉅鹿之戰也或曰雖然籍必能入秦乎曰項梁死章邯謂楚不足慮故移兵伐趙有輕楚心而良將勁兵盡於鉅鹿籍誠能以必死之士擊其輕敵寡弱之師入之易耳且亡秦之守關與沛公之守善否可知也沛公之攻關與籍之攻善否又

故楚王遣沛公
則垓下之死又
不在鉅鹿而在
不仁

可知也以秦之守而沛公攻入之沛公之守而
籍攻入之然則亡秦之守籍不能入哉或曰秦
可入矣如救趙何曰虎方捕鹿羆據其穴搏其
子虎安得不置鹿而返返則碎於羆明矣軍志
所謂攻其必救也使籍入關王離涉間必釋趙
自救籍據關逆擊其前趙與諸侯救者十餘壁
躡其後覆之必矣是籍一舉解趙之圍而收功
於秦也戰國時魏伐趙齊救之田忌引兵疾走

雖

解

以喻喬實妙

焦竑曰老泉非不知孔明之勢與孔明之心特主意重關中故說劔門不足爲耳

按張南軒曰武侯首陳取荊州之策先主不能用其後爭之于吳而不得吳止

大梁因存趙而破魏彼宋義號知兵殊不達此屯安陽不進而曰待秦敝吾恐秦未敝而沛公先據關矣籍與義俱失焉是故古之取天下者（掉尾）常先圖所守諸葛孔明棄荊州而就西蜀吾知其無能爲也且彼未嘗見大險也（借客相影附行議論）彼以爲劍門者可以不亡也吾嘗觀蜀之險其守不可出其出不可繼兢兢而自完猶且不給而何足以制中原哉若夫秦漢之故都沃土千里洪河大山

分數郡以與之及關羽敗并數郡亦失況郡之乎且荊襄南北咽喉往三國為必爭之地乃戎馬之場非帝王之都也

真可以控天下又烏事夫不可以措足之地者而後曰險哉今夫富人必居四通五達之

耽客身作樂自其灑落

使其財布出於天下然後可以收天下之利小丈夫者得一金櫝而藏諸家拒戶而守之嗚呼是求不失也非求富也大盜至劫而取之焉知其果不失也

蘇老泉文集

卷三

廣士
養才
申法
議法
兵制
田制

茅坤曰此老泉經世之文也其議論多雜以申韓第謂其與舉子業較近故並錄之

蘇老泉集卷三

衡論

衡論敘

事有可以盡告人者有可告人以其端而不可盡者盡以告人其難在告人以其端其難在用今夫衡之有刻也於此爲銖於此爲石求之而不得曰是非善衡焉可也曰權罪者非也始吾作權書以爲其用可以至於無窮而亦可以

善衡正是善權妙論

至於無用於是又作衡論十篇嗚呼從吾説而
不見其成乃今可以罪我焉耳

唐順之曰通篇雖像老泉縱横之旨亦世乎不可不知
茅坤曰文如怒馬奔逸絕塵不可羈制大略若蘇文竒邁奮迅令人心悼如此

遠慮

聖人之道有經有權有機是以有民有羣臣而又有腹心之臣曰經者天下之民舉知之可也曰權者民不得而知矣羣臣知之可也曰機者雖羣臣亦不得而知矣腹心之臣知之可也夫使聖人而無權則無以成天下之務無機則無以濟萬世之功然皆非天下之民所宜知而機者又羣臣所不得聞羣臣不得聞誰與議不議

焦竑曰妙在不若後世之詐句不然机械机變殊非遠慮

不濟然則所謂腹心之臣者不可一日無也後世見三代取天下以仁義而守之以禮樂也則曰聖人無機夫取天下與守天下無機不能顧三代聖人之機不若後世之詐故後世不得見耳有機也是以有腹心之臣禹有益湯有伊尹武王有太公望是三臣者聞天下之所不聞知羣臣之所不知禹與湯武倡其機於上而三臣者和之於下以成萬世之功下而至於桓文有

管仲狐偃爲之謀主闔廬有伍員勾踐有范蠡大夫種高祖之起也大將任韓信黥布彭越裨將任曹參樊噲滕公灌嬰游說諸侯任酈生陸賈樅公至於奇機密謀羣臣所不與者唯留侯酇侯二人唐太宗之臣多奇才而委之深任之密者亦不過曰房杜夫君子爲善之心與小人爲惡之心一也君子有機以成其善小人有機以成其惡有機也雖惡亦或濟無機也雖善亦

不克是故腹心之臣不可以一日無也司馬氏
魏之賊也有賈充之徒爲之腹心之臣以濟陳
勝吴廣秦民之湯武也無腹心之臣以不克何
則無腹心之臣者無機也有機而泄也夫無機
與有機而泄者譬如虎豹食人而不知設陷穽
以上是取天下者
設陷穽而不知以物覆其上者也或曰機者創
業之君所假以濟耳守成之世其奚事機而安
用夫腹心之臣嗚呼守成之世能遂熈然如太

焦竑曰子少國危腹心臣自不可少然有才無節司馬仲達失之有節無氣荀息失之高之取勃以厚重武之取光以無他技如宋王曾韓琦可稱其任

古之世矣乎未也吾未見機之可去也且夫天下之變常伏於燕安田文所謂子少國危大臣未附如此等事何世無之當是之時而無腹心之臣可爲寒心哉昔者高祖之未天下既定矣而又以周勃遺孝惠孝文武帝之未天下既治矣而又以霍光遺孝昭孝宣蓋天下雖有泰山之勢而聖人常以累卵爲心故雖守成之世而腹心之臣不可去也傳曰百官總巳以聽于冢

以上是守成者

宰彼冢宰者非腹心之臣天子安能舉天下之事委之三年而不置疑於其間邪又曰五載一巡狩彼無腹心之臣五載一出捐千里之畿而誰與守邪今夫一家之中必有宗老一介之士必有客友以開胸心以濟緩急柰何天子而無腹心之臣乎近世之君抗然于上而使宰相眇然于下上下不接而其志不通矣臣視君如天之遼然而不可親而君亦如天之視人泊然無

茅坤曰指時弊極痛快

愛之之心也是以社稷之憂彼不以爲憂社稷之喜彼不以爲喜君憂不辱君辱不死一人譽之則用之一人毁之則捨之宰相避嫌畏譏且不暇何暇盡心以憂社稷數遷數易視相府如傳舍百官泛泛於下而天子惸惸於上一旦有卒然之憂吾未見其不顛沛而殞越也聖人之任腹心之臣也尊之如父師愛之如兄弟握手入臥內同起居寢食知無不言言無不盡百人

錢穀曰澶淵之役誠自卓如乾祐天書說者以為不學無術

譽之不加密百人毁之不加踈尊其爵厚其禄重其權而後可以議天下之機慮天下之變太祖用趙中令也得其道矣近者寇萊公亦誠其人然與之權輕故終以見逐而天下幾有不測之變然則其必使之可以生殺人而後可也

茅坤曰論將以起相論相以起將賓伴主蘇文家法

茅坤曰老蘇論御才將以智引漢高待韓彭一著似痛快矣獨不思宋祖御將更有變化智之一字決非至理

御將

人君御臣相易而將難將有二有賢將有才將而御才將尤難御相以禮御將以術御賢將之術以信御才將之術以智不以禮不以信是不爲也不以術不以智是不能也故曰御將難而御才將尤難六畜其初皆獸也彼虎豹能搏能噬而馬亦能蹄牛亦能觸先王知能搏能噬者不可以人力制故殺之殺之不能驅之而後已

焦竑曰其才何如句含後才有大小意

蹄者可馭以覊紲觸者可拘以楅衡故先王不忍棄其才而廢天下之用如曰是能蹄是能觸當與虎豹并殺而同驅則是天下無騏驥終無以服乘邪先王之選才也自非大姦劇惡如虎豹之不可以變其搏噬者未有不欲制之以術而全其才以適於用況爲將者又不可責以廉隅細謹顧其才何如耳漢之衛霍趙充國唐之李靖李勣賢將也漢之韓信黥布彭越唐之薛

茅坤曰先為兩端以發已所見

萬徹侯君集盛彥師才將也賢將旣不多有得才者而任之苟又曰是難御則是不肖者而後可也結以重恩示以赤心美田宅大飲饌歌童舞女以極其口腹耳目之欲而折之以威此先王之所以御才將也近之論者或曰將之所以畢智竭慮犯霜露蹈白刃而不辭者冀賞耳爲國家者不如勿先賞以邀其成功或曰賞所以使人不先賞人不爲我用是皆一隅之說非通

集評曰大才小才前已說盡得此一喻一正反有波破

論也將之才固有小大傑然於庸將之中者才小者也傑然於才將之中者才大者也才小志亦小才大志亦大人君當觀其才之大小而爲之制御之術以稱其志一隅之說不可用也夫養騏驥者豐其芻粒潔其羈絡居之新閑浴之清泉而後責之千里彼騏驥者其志常在千里也夫豈以一飽而廢其志哉至於養鷹則不然獲一雉飼以一雀獲一兎飼以一鼠彼知不盡

又著一志字

唐順之曰古人論事必有所據

姜寶曰是老蘇善讀史處看破

力於擊搏則其勢無所得食故然後爲我用才大者騏驥也不先賞之是養騏驥者饑之而責其千里不可得也才小者鷹也先賞之是養鷹者飽之而求其擊搏亦不可得也是故先賞之說可施之才大者不先賞之說可施之才小者兼而用之可也昔者漢高祖一見韓信而授以上將解衣衣之推食哺之一見黥布而以爲淮南王供具飲食如王者一見彭越而以爲相國

漢高駕馭英雄之意

當是時三人者未有功於漢也厥後追項籍垓下與信越期而不至捐數千里之地以畀之如弃弊屣項氏未滅天下未定而三人者已極富貴矣何則高帝知三人者之志大不極於富貴則不爲我用雖極於富貴而不滅項氏不定天下則其志不已也至於樊噲滕公灌嬰之徒則不然拔一城陷一陣而後增數級之爵否則終歲不遷也項氏已滅天下已定樊噲滕公灌嬰

錢穀曰老泉志在才大之將難馭故獨言韓信

茅坤曰三轉譬諸懸千里之江漢而注之海更作一番波瀾絕急處

之徒計百戰之功而後爵之通侯夫豈高帝至此而畱哉知其才小而志小雖不先賞不怨而先賞之則彼將泰然自滿而不復以立功爲事故也噫方韓信之立於齊蒯通武涉之說未去也當此之時而奪之王漢其殆哉夫人豈不欲三分天下而自立者而彼則曰漢王不奪我齊也故齊不捐則韓信不懷韓信無内心則天下非漢之有嗚呼高帝可謂知大計矣

茅坤曰任相以禮

焦竑曰陳應求常告孝宗曰近時宰相罷去則所用之人一切罷去觀此云宗時待相之薄可知老泉有感而發

任相

古之善觀人之國者觀其相何如人而已議者常曰將與相均將特一大有司耳非相侔也國有征伐而後將權重有征伐無征伐相皆不可一日輕相賢邪則羣有司皆賢而將亦賢矣將賢邪相雖不賢將不可易也故曰將特一大有司耳非相侔也任相之道與任將不同爲將者大槩多才而或頑鈍無耻非皆節廉好禮不可

唐順之曰宋祖之待漢超其武帝之術乎大約善將將者亦術而左戚

犯者也故不必優以禮貌而其有不羈不法之事則亦不可以常法御何則豪縱不趨約束者亦將之常態也武帝視大將軍往往踞廁而李廣利破大宛侵殺士卒之罪則寢而不問此任將之道也若夫相必節廉好禮者爲也又非豪縱不趨約束者爲也故接之以禮而重責之古者相見於天子天子爲之離席起立在道爲之下輿有病親問不幸而死親弔待之如此其厚

雋鋐曰此等議論可爲黼扆之箴不可爲人臣開一線之路

然其有罪亦不私也天地大變天下大過而相以不起聞矣相不勝任策書至而布衣出府免矣相有他失而棧車牝馬歸以思過矣夫接之以禮然後可以重其責而使無怨言責之重然後接之以禮而不爲過禮薄而責重彼將曰主上遇我以何禮而重我以此責也甚矣責輕而禮重彼將遂弛然不肯自飭故禮以維其心而重責以勉其怠而後爲相者莫不盡忠於朝廷

而不卹其私吾觀賈誼書至所謂長太息者常
反覆讀不能已以爲誼生文帝時文帝遇將相
大臣不爲無禮獨周勃一下獄誼遂發此使誼
生於近世見其所以遇宰相者則當復何如也
夫湯武之德三尺豎子皆知其爲聖人而猶有
伊尹太公者爲師友焉伊尹太公非賢於湯武
也而二聖人者特不顧以師友之以明有尊也
噫近世之君姑勿責於此天子御坐見宰相而

唐順之曰老泉此論果于用禮者亦可果于用刑非刑不上大夫之意也呂顛

起者有之乎無矣在輿而下者有之乎亦無矣天子坐殿上宰相與百官趨走於下掌儀之官名而呼之若郡守召胥吏耳雖臣子爲此亦不過而尊尊貴貴之道不若是褻也夫旣不能接之以禮則其罪之也吾法將亦不得用何者不果於用禮而果於用刑則其心不服故法曰有某罪而加之以某刑乃其免相也旣曰有某罪而刑不加焉不過削之一官而出之大藩鎮此

詞意委婉

浩謂高宗曰輔弼大臣縱有大罪止從貶竄至哉是言與老泉之論加罪賈誼之論自裁者適別

其弊皆始於不爲之禮賈誼曰中罪而自弛大罪而自裁夫人不我誅而安恐棄其身此必有大愧於其君故人君者必有以愧其臣故其臣有所不爲武帝嘗以不冠見平津侯故當天下多事朝廷憂懼之際使石慶得容於其間而無怪焉然則必其待之如禮而後可以責之如法也且吾聞之待以禮而彼不自效以報其上重其責而彼不自勉以全其身安其祿位成其功

縉 縱

茅坤曰單收一句輕捷且有冷致

名者天下無有也彼人主傲然於上不禮宰相以自尊大者孰若使宰相自效以報其上之爲利宰相利其君之不責而豐其私者孰若自勉以全其身安其祿位成其功名之爲福吾又未見去利而就害遠福而求禍者也

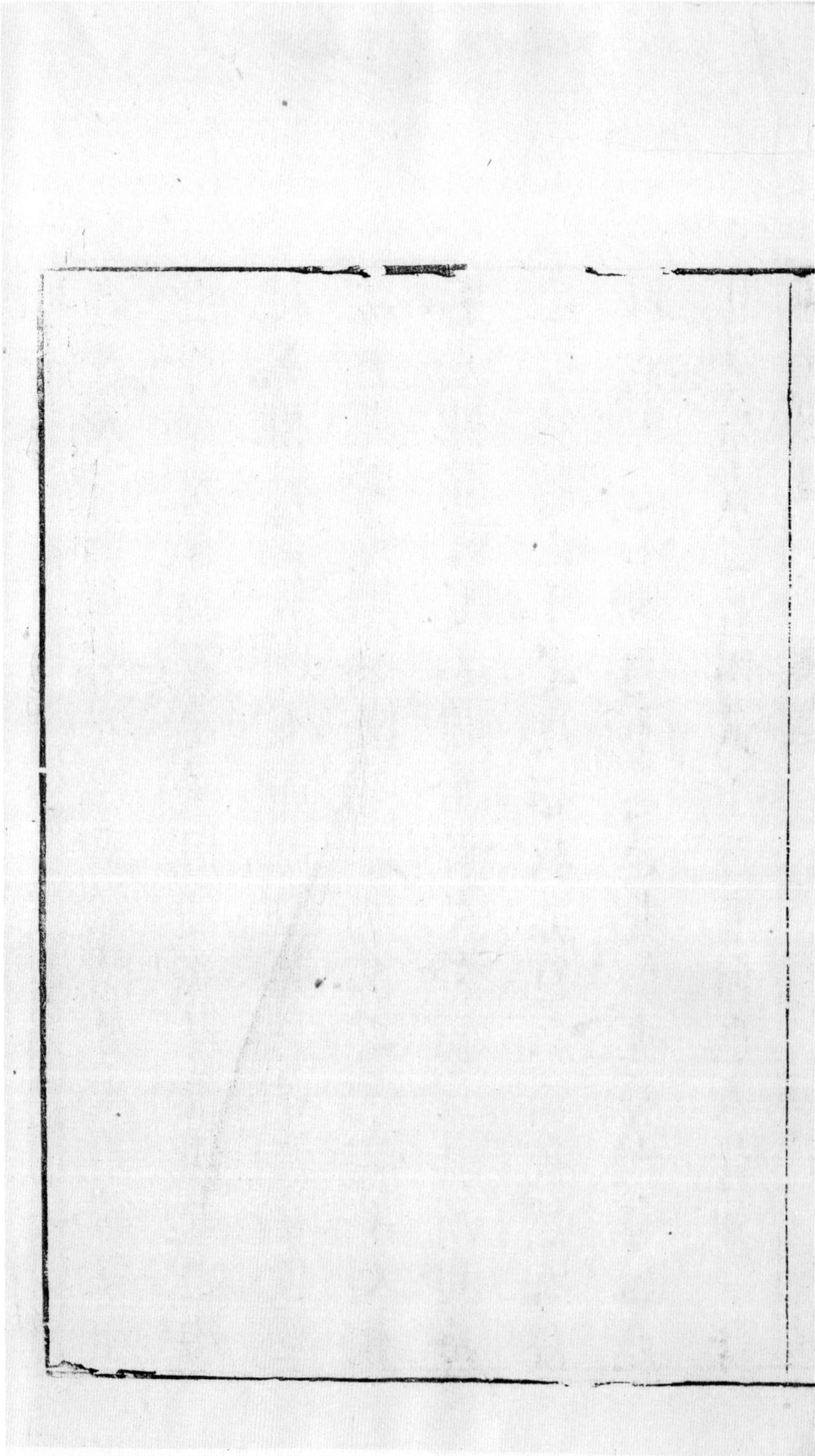

唐順之曰論重東處旨悉
茅坤曰並切今世事情錄以備舉子家經濟之一

重遠

武王不泄邇不忘遠仁矣乎非仁也勢也天下之勢猶一身一身之中手足病於外則腹心爲之深思靜慮於內而求其所以療之之術腹心病於內則手足爲之奔掉於外而求其所以療之之物腹心手足之相救非待仁而後然吾故曰武王之不泄邇不忘遠非仁也勢也勢如此其急而古之君獨武王然者何也人皆知一身

之勢而武王知天下之勢也夫不知一身之勢
者一身危而不知天下之勢者天下不危乎哉
秦之保關中自以爲子孫萬世帝王之業而陳
勝吳廣乃楚人也由此觀之天下之勢遠近如
一然以吾言之近之可憂未若遠之可憂者深
也近之官吏賢邪民譽之歌之不賢邪譏之謗
之譽歌譏謗者衆則必傳傳則必達於朝廷是
官吏之賢否易知也一夫不獲其所訴之刺史

茅坤曰：晴說廣南川峽貪官之弊。

刺史不問，裹糧走京師，緩不過旬月，撾鼓叫號，而有司不得不省矣。是民有寃易訴也。吏之賢否易知，而民之寃易訴，亂何從始邪？遠方之民，雖使盜蹠爲之郡守，檮杌饕餮爲之縣令，郡縣之民，羣嘲而聚罵者，雖千百爲輩，朝廷不知也。白日執人於市，誣以殺人，雖其兄弟妻子聞之，亦不過訴之刺史。不幸而刺史又抑之，則死且無告矣。彼見郡守縣令據案執筆，吏卒旁列，箠

茅坤曰論遠近脣齒確

械滿前駭然而喪膽矣則其謂京師天子所居者當復如何而又行數千里費且百萬富者尚或難之而貧者又何能乎故其民常多怨而易動吾故曰近之可憂未若遠之可憂之深也國家分十七路河朔陝右南廣川峽實爲要區河朔陝右二虜之防而中國之所恃以安南廣川峽貨財之源而河朔陝右之所恃以全其勢之輕重如何哉曩者北胡驕恣西寇勃叛河朔陝

焦竑曰今京官課駮則出補外外可蔽垢乎安能禁其爲盜蹠爲檮杌乎名曰重内内實受病

右尤所加鄙一郡守一縣令未嘗不擇至於南廣川峽則例以爲遠官審官差除取具臨時竄謫量移往往而至凡朝廷稍所優異者不復官之南廣川峽而其人亦以南廣川峽之官爲失職庸人無所歸故常聚於此嗚呼知河朔陝右之可重而不知河朔陝右之所恃以全之地之不可輕是欲富其倉而蕪其田倉不可得而富也矧其地控制南夷氐蠻最爲要害土之所産

唐順之曰推說廣南川峽之當邮老泉爲宗室深慮正在此

又極富夥明珠大貝紈錦布帛皆極精好陸負水載出境而其利百倍然而關譏門征僦雇之費非百姓私力所能辦故貪官專其利而齊民受其病不招權不鬻獄者世俗遂指以爲廉吏矣而招權鬻獄者又豈盡無嗚呼吏不能皆廉而廉者又止如此是斯民不得一日安也方今賦取日重科歛日煩罷弊之民不任官吏復有所規求於其間矣淳化中李順竊發於蜀州郡

以此爲慮與安石自別

焦竑曰不忘遠臣制廉吏而又重責漕刑以保任諸吏要而不煩

數十望風奔潰近者智高亂廣南乘勝取九城如反掌國家設城池養士卒蓄器械儲米粟以爲戰守備而凶豎一起若涉無人之地者吏不肯也今夫以一身任一方之責者莫若漕刑南廣川峽既爲天下要區而其中之郡縣又有爲南廣川峽之要區者其牧宰之賢否實一方所以安危幸而賢則已其狀民黷貨的然有罪可誅者漕刑固亦得以舉劾若夫庸陋巽耎不才

焦竑曰懲貪又根蠹說得周到不然第取鎮雅矣以理順

而無過者漕刑雖賢明其勢不得易置此猶弊車羸馬而求僕夫之善御也郡縣有敗事不以責漕刑則不可責之則彼必曰敗事者某所治某所者某人也吾將何所歸罪故莫若使漕刑自舉其人而任之它日有敗事則謂之曰爾謂此人堪此職也今不堪此職是爾欺我也責有所任罪無所逃然而擇之不得其人者蓋寡矣其餘郡縣雖非一方之所以安危者亦當詔審

官俾勿輕授贓吏冗流勿措其間則民雖在千
里外無異於處幾甸中矣

茅坤曰韓子不幸而出于晉商之族一段議論與此畧同

廣士

欲説晉史賤吏先説盜賊夷狄

古之取士取於盜賊取於夷狄古之人非以盜賊夷狄之事可爲也以賢之所在而已矣夫賢之所在貴而貴取焉賤而賤取焉是以盜賊下人夷狄異類雖奴隸之所恥而往往登之朝廷坐之郡國而不以爲怍而繩趨尺步華言華服者往往反擯棄不用何則天下之能繩趨而尺步華言而華服者衆也朝廷之政郡國之事非

特如此而可治也彼雖不能繩趨而尺步華言而華服然而其才果可用於此則居此位可也古者天下之國大而多士大夫者不過曰齊與秦也而管夷吾相齊賢也而舉二盜焉穆公霸秦賢也而舉由余焉是其能果於是非而不牽於衆人之議也未聞有以用盜賊夷狄而鄙之者也今有人非盜賊非夷狄而猶不獲用吾不知其何故也夫古之用人無擇於勢布衣寒士

唐順之曰我朝用人科貢二塗外雜流異品不渭亞至薦紳議功名于世余不能無感

詹惟脩曰今之伏穴而磨旗泪

而賢則用之公卿之子弟而賢則用之武夫健卒而賢則用之巫醫方技而賢則用之胥史賤吏而賢則用之今也布衣寒士持方尺之紙書聲病剽竊之文而至享萬鍾之祿卿大夫之子弟飽食於家一出而驅高車駕大馬以爲民上武夫健卒有灑掃之力奔走之舊久乃領藩郡執兵柄巫醫方技一言之中大臣且舉以爲吏若此者皆非賢也皆非功也是今之所以進之

淵而唱棹者在在有鳥取人不廣則若人者不帶牛佩犢則南越比胡矣往者劉烈藍端卿鄧李愢齊彥名以華乱華喜寧田小兒宋素卿莫登庸以華入夷是可鑒也

之塗多於古也而胥吏賤（本有）吏獨棄而不錄使老死於敲榜趨走而賢與功者不獲一施吾甚慼也不知胥吏之賢優而養之則儒生武士或所不若昔者漢有（入記）天下平津侯樂安侯輩皆號爲儒宗而卒不能爲漢立不世大功而其卓絕雋偉震耀四海者乃其賢人之出於吏胥中者耳夫趙廣漢河間之郡吏也尹翁歸河東之獄吏也張敞太守之卒史也王尊涿郡之書佐也是

皆雄雋明博出之可以爲將而內之可以爲相者也而皆出於吏胥中者有以也夫吏胥之人少而習法律長而習獄訟老姦大豪畏憚懾伏吏之情狀變化出入無不諳究因而官之則豪民滑吏之弊表裏毫末畢見於外無所逃遁而又上之人擇之以才遇之以禮而其志復自知得自奮於公卿故終不肯自棄於惡以賈罪戾而敗其終身之利故當此時士君子皆優爲之

發揮本旨

茅坤曰大惡一轉揚中之抑文情頓挫

張之象曰賈太傅云如遇犬馬彼將犬馬自爲也如遇官徒彼將官徒自爲也大臣且然況胥吏乎

而其間自縱於大惡者大約亦不過幾人而其尤賢者乃至成功如是今之吏胥則不然始而入之不擇也終而遇之以犬彘也長吏一怒不問罪否袒而笞之喜而接之乃反與交手爲市其人常曰長吏待我以犬彘我何望而不爲犬彘哉是以平民不能自棄爲犬彘之行不肯爲吏矣況士君子而肯俛首爲之乎然欲使之謹

逼處得回顧法

飾可用如兩漢亦不過擇之以才待之以禮恕

其小過而棄絕其大惡之不可貰忍者而後察其賢有功而爵之祿之貴之勿棄之於冗流之間則彼有冀於功名自尊其身不敢匃奪而奇才絕智出矣夫人固有才智奇絕而不能爲章句名數聲律之學者又有不幸而不爲者苟一之以進士制策是使奇才絕智有時而窮也使吏胥之人得出爲長吏是使一介之才無所逃也進士制策網之於上此又網之於下而曰天

下有遺才者。吾不信也。

茅坤曰養奇傑之士而挈出古者議論一段直是刺骨

養才

夫人之所爲有可勉强者有不可勉强者煦煦然而爲仁孑孑然而爲義不食片言以爲信不見小利以爲廉雖古之所謂仁與義與信與廉者不止若是而天下之人亦不曰是非仁人是非義人是非信人是非廉人此則無諸已而可勉强以到者也在朝廷而百官肅在邊鄙而四夷懼坐之於繁劇紛擾之中而不亂投之於羽

櫪奔走之地而不惑爲吏而爲吏爲將而爲將若是者非天之所與性之所有不可勉强而能也道與德可勉以進也才不可强揠以進也今有二人焉一人善揖讓一人善騎射則人未有不以揖讓賢於騎射矣然而揖讓者未必善騎射而騎射者捨其弓以揖讓於其間則未必失容何哉才難强而道易勉也吾觀世之用人好以可勉强之道與德而加之不可勉强之才之

錢穀曰論奇如此與不飛不鳴若蛾若沒者縣矣

上而曰我貴賢賤能是以道與德未足以化人而才有遺焉然而爲此者亦有由矣有才者而不能爲衆人所勉強者耳何則奇傑之士常好自負疏雋傲誕不自繩檢往往冒法律觸刑禁叫號讙呼以發其一時之樂而不顧其禍嗜利酗酒使氣傲物志氣一發則偶然遠去不可羈束以禮法然及其一旦翻然而悟折節而不爲此以留意於嚮所謂道與德可勉強者則何病

照上拾了揖讓意

唐順之曰歸責于君爲上段出脫

不至柰何以樸樕小道加諸其上哉夫其不肯規規以事禮法而必自縱以爲此者乃上之人之過也古之養奇傑也任之以權尊之以爵厚之以祿重之以恩責之以措置天下之務而易其平居自縱之心而聲色耳目之欲又以極於外故不待放恣而後爲樂今則不然奇傑無尺寸之柄位一命之爵食斗升之祿者過半彼又安得不越法逾禮而自快邪我又安可急之以

焦竑曰衛懿之戰人以鶴辭足爲不養士之鑒

法使不得泰然自縱邪今我繩之以法亦已急矣急之而不已而隨之以刑則彼有北走胡南走越耳噫無事之時既不能養及其不幸一旦有邊境之患繁亂難治之事而後優詔以召之豐爵重祿以結之則彼已憾矣夫彼固非純忠者也又安肯默然於窮困無用之地而已邪周公之時天下號爲至治四夷已臣服卿大夫士已稱職當是時雖有奇傑無所復用而其禮法

唐順之曰讀漢武賢良詔曰汎駕之馬跅弛之士亦在御之而已老泉議祖此

風俗尤復細密舉朝廷與四海之人無不遵蹈而其八議之中猶有曰議能者况當今天下未甚至治四夷未盡臣服卿大夫士未盡稱職禮法風俗又非細密如周之盛時而奇傑之士復有困於簿書米鹽間者則反可不議其能而恕之乎所宜哀其才而貫其過無使爲刀筆吏所困則庶乎盡其才矣或曰奇傑之士有過得以免則天下之人孰不自謂奇傑而欲免其過者

本旨

焦竑曰非眞奇傑一徼則好龍不得眞畫龍溪可慮老泉識力最

是終亦潰法亂敎耳曰是則然矣然而奇傑之所爲必挺然出於衆人之上苟指其已成之功以曉天下俾得以贖其過而其未有功者則委之以難治之事而責其成績則天下之人不敢自謂奇傑而眞奇傑者出矣

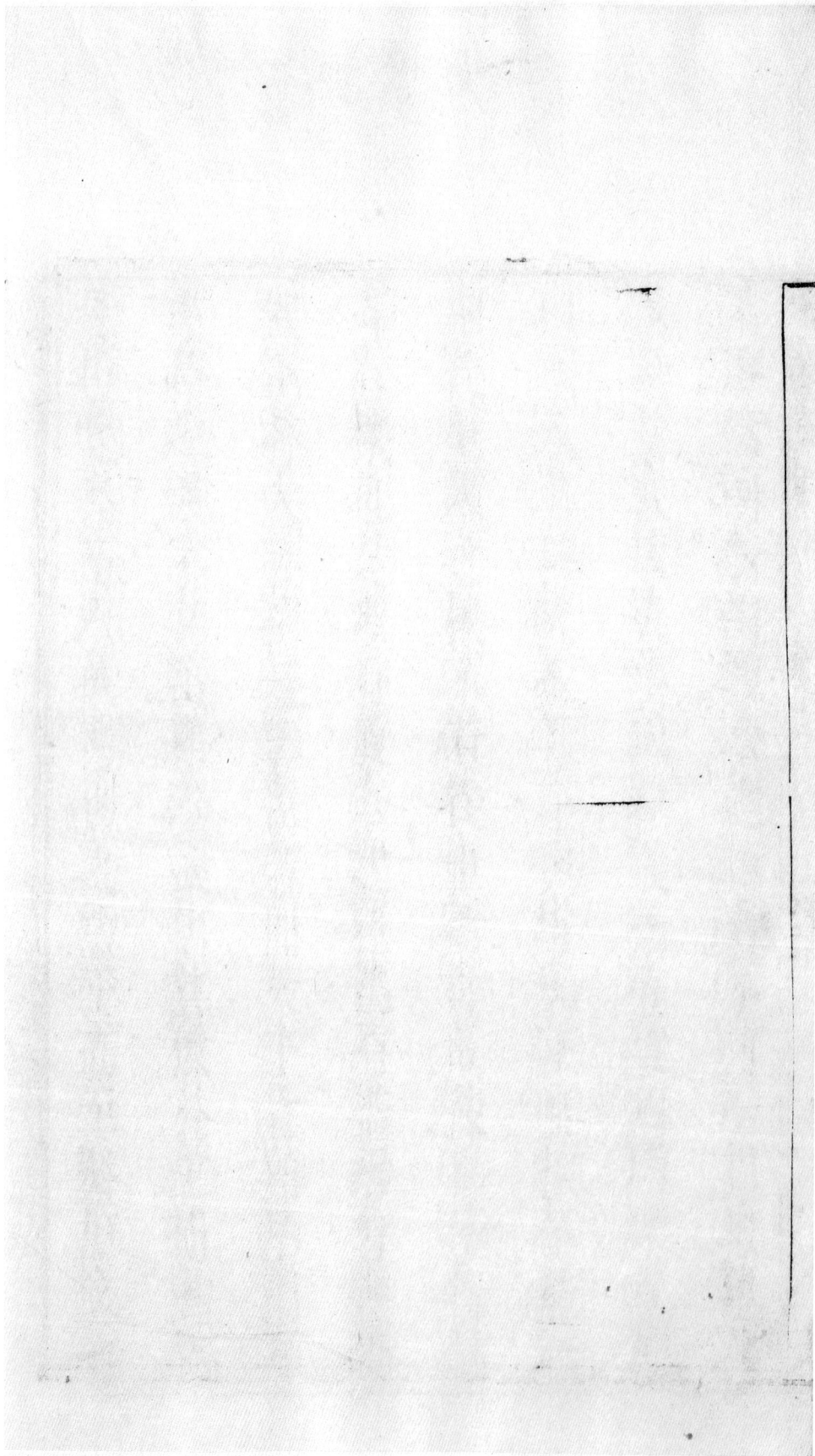

唐順之曰古今分欵如鹽鐵中古今之異一段

茅坤曰情曲而事覈文則遒

申法

古之法簡今之法繁簡者不便於今而繁者不便於古非今之法不若古之法而今之時不若古之時也先王之作法也莫不欲服民之心服民之心必得其情情然邪而罪亦然則固入吾法矣而民之情又不皆如其罪之輕重大小是以先王忿其罪而哀其無辜故法舉其略而吏制其詳殺人者死傷人者刑則以著于法使民

莊元臣曰奸吏國雖任任法則奸吏并其法而竊之此處宜別有裁置

知天子之不欲我殺人傷人耳若其輕重出入求其情而服其心者則以屬吏任吏而不任法故其法簡今則不然吏姦矣不若古之良民媮矣不若古之淳吏姦則以喜怒制其輕重而出入之或至於誣執民媮則吏雖以情出入而彼得執其罪之大小以爲辭故今之法纖悉委備不執于一左右前後四顧而不可逃是以輕重其罪出入其情皆可以求之法吏不奉法輒以

茅坤曰以下五條皆非治法之大

舉劾任法而不任吏故其法繁古之法若方書論其大槩而增損劑量則以屬醫者使之視人之疾而參以已意今之法若鬻屨既爲其大者又爲其次者又爲其小者以求合天下之足故其繁簡則殊而求民之情以服其心則一也然則今之法不劣於古矣而用法者尚不能無弊何則律令之所禁畫一明備雖婦人孺子皆知畏避而其間有習於犯禁而遂不改者舉天下

錢穀曰同律度量衡固是古法

皆知之而未嘗怪也先王欲杜天下之欺也爲

一〇私权衡

之度以一天下之長短爲之量以齊天下之多寡爲之權衡以信天下之輕重故度量權衡法必資之官資之官而後天下同今也庶民之家刻木比竹繩絲縋石以爲之富商豪賈內以大出以小齊人適楚不知其孰爲斗孰爲斛持東家之尺而校之西鄰則若十指然此舉天下皆

一〇禁金玉

知之而未嘗怪者一也先王惡奇貨之蕩民且

錢穀曰投珠抵璧寧徒自民禁

錢穀曰賈誼遺諭

哀夫微物之不能遂其生也故禁民採珠貝惡夫物之僞而假眞且重費也故禁民糜金以爲塗飾今也採珠貝之民溢於海濱糜金之工肩摩於列肆此又舉天下皆知之而未嘗怪者二

三奢犯禁

也先王患賤之凌貴而下之僭上也故冠服器皿皆以爵列爲等差長短大小莫不有制今也工商之家曳紈錦服珠玉一人之身循其首以至足而犯法者十九此又舉天下皆知之而未

錢穀曰倚縣官劫脅民當不止此

嘗怪者三也先王懼天下之吏負縣官之勢以（四知買）
侵劫齊民也故使市之坐賈視時百物之貴賤
而錄之旬輒以上百以百聞千以千聞以待官
吏之私債十則損三三則損一以聞以備縣官
之公糴今也吏之私債而從縣官公糴之法民
曰公家之取於民也固如是是吏與縣官斂怨
于下此又舉天下皆知之而未嘗怪者四也先
（五帶私貨）
王不欲人之擅天下之利也故仕則不商商則

錢穀曰官與民爭利謂養廉何

有罰不仕而商商則有征是民之商不免征而吏之商又加以罰令也吏之商旣幸而不罰又從而不征資之以縣官公糴之法負之以縣官之徒載之以縣官之舟關防不譏津梁不呵然則爲吏而商誠可樂也民將安所措手此又舉天下皆知之而未嘗怪者五也若此之類不可悉數天下之人耳習目熟以爲當然憲官法吏目擊其事亦恬而不問夫法者天子之法也法

詹惟修曰吏胥之奸由此五者亦在蕭墻不在朐那意

明禁之而人明犯之是不有天子之法也衰世之事也而議者皆以爲今之弊不過吏胥骫法以爲姦而吾以爲吏胥之姦由此五者始今有盜白晝持挺入室而主人不知之禁則踰垣穿穴之徒必且相告而恣行於其家其必先治此五者而後詰吏胥之姦可也

茅坤曰輕贖減罪兩端深中宋時優柔之弊而重贖一說尤古今來有識名言

議法

古者以仁義行法律後世以法律行仁義三代之盛王其教化之本出於學校蔓延於天下而形見於禮樂下之民被其風化循循翼翼務爲仁義以求避法律之所禁故其法律雖不用而其所禁亦不爲不行於其間下而至於漢唐其教化不足以動民而一於法律故其民懼法律之及其身亦或相勉爲仁義唐之初大臣房杜

輩爲刑統毫釐輕重明辨别白附以仁義無所阿曲不知周公之刑何以易此但不能先使民務爲仁義使法律之所禁不用而自行如三代時然要其終亦能使民勉爲仁義而其所以不若三代者則有由矣政之失非法之罪也是以宋有天下因而循之變其節目而存其大體比閭小吏奉之以公則老姦大猾束手請死不可漏略然而獄訟常病多盜賊常病衆者則亦有

茅坤曰以上言法公而吏私下又轉法不能公發重贖一議

由矣法之公而吏之私也夫舉公法而寄之私吏猶且若此而况法律之間又不能無失其何以爲治今夫天子之子弟卿大夫與其子弟皆天子之所優異者有罪而使與毗隷並笞而偕戮則大臣無耻而朝廷輕故有贖焉以全其肌膚而厲其節操故贖金者朝廷之體也所以自尊也非與其有罪也夫刑者必痛之而後人畏焉罰者不能痛之必困之而後人懲焉今也大

含輕贖減刑二意

唐順之曰發不可不盡贖痛快

辟之誅輸一石之金而免貴人近戚之家一石之金不可勝數是雖使朝殺一人而輸一石之金暮殺一人而輸一石之金金不可盡身不可困況以其官而除其罪則一石之金又不肯輸焉是恣其殺人也且不笞不戮彼已幸矣而贖之又輕是啓姦也夫罪固有疑今有或誣以殺人而不能自明者有誠殺人而官不能折以實者是皆不可以誠殺人之法坐由是有減罪之

茅坤曰以上兩條分説

穆王竊舜典金作贖刑之語而作呂刑舜所

律當死而流使彼爲不能自明者耶去死而得流刑已酷矣使彼爲誠殺人者耶流而不死刑已寬矣是失實也故有啓姦之釁則上之人常幸而下之人雖死而常無告有失實之弊則無辜者多怨而僥倖者易以免今欲刑不加重赦不加多獨於法律之間變其一端而能使不啓姦不失實其莫若重贖然則重贖之説何如曰古者五刑之尤輕者止於墨而墨之罰百鍰逆

贖者官府學校之刑而五刑未嘗贖也穆王刑雖大辟亦贖矣

茅坤曰以下是泓說

而數之極於大辟而大辟之罰千鍰此穆王之罰也周公之時則又重於此然千鍰之重亦已當今三百七十斤有奇矣方今大辟之贖不能當其三分之一古者以之赦疑罪而不及公族今也貴人近戚皆贖而疑罪不與記曰公族有死罪致刑于甸人雖君命宥不聽今欲貴人近戚之刑舉從于此則非所以自尊之道故莫若使得與疑罪皆重贖且彼雖號爲富强苟數犯

茅坤曰照前刑不加重赦不加多妝拾法好

法而數重困於贖金之間則不能不斂手畏法彼罪疑者雖或非其辜而法亦不至殘潰其肌體若其有罪則法雖不刑而彼固亦已困於贖金矣夫使有罪者不免於困而無辜者不至陷於笞戮一舉而兩利斯智者之爲也

茅坤曰老泉欲以戢分籍沒之田作養兵之費不知當時通天下皆有是田否其數亦可幾何若今時則又難行矣

兵制

三代之時舉天下之民皆兵也兵民之分自秦漢始三代之時聞有諸侯抗天子之命矣未聞有卒伍叫呼衡行者也秦漢以來諸侯之患不滅於三代而御卒伍者乃如蓄虎豹圈檻一缺咆勃四出其故何也三代之兵耕而食蠶而衣故勞勞則善心生秦漢以來所謂兵者皆坐而衣食於縣官故驕驕則無所不爲三代之兵皆

茅坤曰無中生有

齊民老幼相養疾病相救出相禮讓入相慈孝有憂相弔有喜相慶其風俗優柔而和易故其兵畏法而自重秦漢以來號齊民者比之三代則既已薄矣況其所謂兵者乃其齊民之中尤爲凶悍桀黠者也故常慢法而自弃夫民耕而食蠶而衣雖不幸而不給猶不我咎也今謂之曰爾毋耕爾毋蠶爲我兵吾衣食爾他日一不充其欲彼將曰嚮謂我毋耕毋蠶今而不我給

楊慎曰井田之廢起于管仲元陳孚題管仲井

也然則怨從是起矣夫以有善心之民畏法自重而不我咎欲其爲亂不可得也旣驕矣又慢法而自棄以怨其上欲其不爲亂亦不可得也且夫天下之地不加於三代天下之民衣食乎其中者又不減於三代平居無事占軍籍畜妻（洗發民不能給兵以起下戰分籍二款）子而仰給於斯民者則徧天下不知其數柰何民之不日剝月割以至於流亡而無告也其患始於廢井田開阡陌一壞而不可復收故雖有

詩畫野分民亂井田百王禮樂散寒煙平生一勺灌汙水不信東溟浪淡天可謂聞幽之論

焦竑曰屯田誠便恨如趙過者絶少

莊元臣曰唐太宗分天下爲十道置府六百三十四其在関中者二百六十一有事既後則將解兵歸朝兵解

明君賢臣焦思極慮而求以救其弊卒不過開屯田置府兵使之無事則耕而食耳嗚呼屯田府兵其利既不足以及天下而後世之君又不能循而守之以至於廢陵夷及於五代燕帥劉守光又從而爲之黥面涅手之制天下遂以爲常法使之判然不得與齊民齒故其人益復自弃視齊民如越人矣太祖既受命懲唐季五代之亂聚重兵京師而邊境亦不曰無備損節度

宋軍法一禁兵二廂兵三鄉兵四蕃兵

一甲歸府庫幾古意焉後承平久朝廷不惜武士衛將佐有假干貴戚爲傭奴者而折衝諸帥亦積歲不遷烏得不變而彍騎而神策而卒至敗壞不救也

之權而藩鎮亦不曰無威周與漢唐邦鎮之兵强秦之郡縣之兵弱兵强故末大不掉兵弱故天子孤睽周與漢唐則過而秦則不及得其中者惟吾宋也雖然置帥之方則遠過於前代而制兵之術吾猶有疑焉何者自漢迄唐或開屯田或置府兵使之無事則耕而食而民猶且不勝其弊今屯田益無幾而府兵亦已廢欲民之豐阜勢不可也國家治平日久民之趨於農者

集註曰以民養兵而債帥為之廝養無枵腹乎

日益衆而天下無萊田矣以此觀之謂斯民宜
如生三代之盛時而乃戚戚嗟嗟無終歲之畜
者兵食奪之也三代井田雖三尺童子知其不
可復雖然依倣古制漸而圖之則亦庶乎其可
也方今天下之田在官者惟二職分也籍没也
職分之田募民耕之歛其租之半而歸諸吏籍
没則鬻之否則募民耕之歛其租之半而歸諸
公職分之田徧于天下自四京以降至於大藩

無脱巾手任田作頁庶頗有迹不至浚澹然非教之戰法一段則又不免冗兵

鎮多至四十頃下及一縣亦能千畝籍没之田不知其數今可勿復鬻然後量給其所募之民家三百畝以爲率前之歛其半者今可損之三分而取其一以歸諸吏與公使之家出一夫爲兵其不欲者聽其歸田而他募謂之新軍毋黥其面毋涅其手毋拘之營三時縱之一時集之授之器械教之戰法而擇其技之精者以爲長在野督其耕在陣督其戰則其人皆良農也皆

茅坤曰田頗勞則善心生一段

精兵也夫籍沒之田既不復鬻則歲益多田益多則新軍益衆而嚮所謂仰給於斯民者雖有廢疾死亡可勿復補如此數十年則天下之兵新軍居十九而皆力田不事他業則其人必純固朴厚無吁呼衡行之憂而斯民不復知有餽餉供億之勞矣或曰昔者斂其半今三分而取一其無乃薄於吏與公乎曰古者公卿大夫之有田也以爲祿而其取之亦不過什一今吏既

焦竑曰說不薄于官真不薄說不刻于民真不刻自雖自解斬釘截鐵議論

祿矣給之田則已甚矣況三分而取一則不旣優矣乎民之田不幸而籍沒非官之所待以爲富也三分而取一不猶愈於無乎且不如是則彼不勝爲兵故也或曰古者什一而稅取之薄故民勝爲兵今三分而取一可乎曰古者一家之中一人爲正卒其餘爲羨卒田與追胥竭作今家止一夫爲兵況諸古則爲逸故雖取之差重而無害此與周制稍甸縣都役少輕而稅十

二無異也夫民家出一夫而得安坐以食數百畝之田征徭科歛不及其門然則彼亦優爲之矣

唐順之曰有發賈生之所未發者

茅坤曰限田之制良爲後世一端惜乎其難行也

田制

古之税重乎今之税重乎周公之制園廛二十而税一近郊十一遠郊二十而二稍甸縣都皆無過十二漆林之征二十而五蓋周之盛時其尤重者至四分而取一其次者乃五而取一然後以次而輕始至於十一而又有輕者也今之税雖不啻十一然而使縣官無急征無横斂則亦未至乎四而取一與五而取一之爲多也是

茅坤曰自此至廢井田一段論井田廢而貧富不得其所明悉痛切

今之稅與周之稅輕重之相去無幾也雖然當周之時天下之民歌舞以樂其上之盛德而吾之民反慼慼不樂常若擢筋剝膚以供億其上周之稅如此吾之稅亦如此而其民之哀樂何如此之相遠也其所以然者蓋有由矣周之時用井田井田廢田非耕者之所有而有田者不耕也耕者之田資於富民富民之家地大業廣阡陌連接募召浮客分耕其中鞭笞驅役視以

茅坤曰一以半

奴僕安坐四顧指麾於其間而役屬之民夏爲之耨秋爲之穫無有一人違其節度以嬉而田之所入已得其半耕者得其半有田者一人而耕者十人是以田主日累其半以至於富强耕者日食其半以至於窮餓而無告夫使耕者至於窮餓而不耕不穫者坐而食富强之利猶且不可而況富强之民輸租於縣官而不免於怨歎嗟憤何則彼以其半而供縣官之稅不若周

供一以全供了前古之樂今之怨意

之民以其全力而供其上之稅也周之十一以其全力而供十一之稅也使以其半供十一之稅猶用十二之稅然也況今之稅又非特止於十一而已則宜乎其怨歎嗟憤之不免也噫貧民耕而不免於饑富民坐而飽以嬉又不免於怨其弊皆起於廢井田井田復則貧民有田以耕穀食粟米不分於富民可以無饑而富民亦不得多占田以錮貧民其勢不耕則無所得食

按馬端臨曰據周授田制則民口之衆寡所當知歲之勤惰所當知民之家長歲少歲老歲商歲二所當知蓋古分土而治外而公侯子男內而孤卿大夫所治不過百里世其土子其民故得取其田疇而伍之秦至今分田均田之法隨廢隨隳則無封

以地之全力供縣官之稅又可以無怨是以天下之士爭言復井田既又有言者曰奪富民之田以與無田之民則富民不伏此必生亂如秦大亂之後土曠而人稀可以一舉而就高祖之滅秦光武之乘漢可爲而不爲以是爲恨吾又以爲不然今雖使富民皆奉其田而歸諸公乞爲井田其勢亦不可得何則井田之制九夫爲井井間有溝四井爲一邑四邑爲丘四丘爲甸

逵以維持井田耳

茅坤曰詳次井田如畫

甸方八里旁加一里爲一成成間有洫其地百
井而方十里四甸爲縣四縣爲都四都方八十
里旁加十里爲一同同間有澮其地萬井而方
百里百里之間爲澮者一爲洫者百爲溝者萬
細而工
既爲井田又必兼修溝洫溝洫之制夫間有遂
遂上有徑十夫有溝溝上有畛百夫有洫洫上
有涂千夫有澮澮上有道萬夫有川川上有路
萬夫之地蓋三十二里有半而其間爲川爲路

茅坤曰以上了井田不可復之意

者一爲澮爲道者九爲洫爲涂者百爲溝爲畛者千爲遂爲徑者萬此二者非塞谿壑平澗谷夷丘陵破墳墓壞廬舍徙城郭易疆壠不可爲也縱使能盡得平原廣野而遂規畫於其中亦當驅天下之人竭天下之糧窮數百年專力於此不治他事而後可以望天下之地盡爲井田盡爲溝洫已而又爲民作屋廬於其中以安其居而後可吁亦已迂矣井田成而民之死其骨

焦竑曰區博諫莽曰雖堯舜復起而無有百年之漸弗能行也老泉論意同此楊用脩以爲至論

已朽矣古者井田之興其必始於唐虞之世乎非唐虞之世則周之世無以成井田唐虞啓之至於夏商稍稍葺治至周而大備周公承之因遂申定其制度疏整其疆界非一日而遽能如此也其所由來者漸矣夫井田雖不可爲而其實便於今今誠有能爲近井田者而用之則亦可以蘇民矣乎聞之董生曰井田雖難卒行宜少近古限民名田以贍不足名田之說蓋出於

茅坤曰此說亦不可行蓋後世

此而後世未有行者非以不便民也懼民不肯損其田以入吾法而遂因此以爲變也孔光何武曰吏民名田無過三十頃期盡三年而犯者没入官夫三十頃之田周民三十夫之田也縱不能盡如周制一人而兼三十夫之田亦已過矣而期之三年是又迫蹙平民使自壞其業非人情難用吾欲少爲之限而不禁其田嘗已過吾限者但使後之人不敢多占田以過吾限耳

禁◎茅◎作◎奪

隱蔽詭寄之弊多也

要之數世富者之子孫或不能保其地以復於貧而彼嘗已過吾限者散而入於他人矣或者子孫出而分之以爲幾矣如此則富民所占者少而餘地多餘地多則貧民易取以爲業不爲人所役屬各食其地之全利利不分於人而樂輸於官夫端坐於朝廷下令於天下不驚民不動衆不用井田之制而獲井田之利雖周之井田何以遠過於此哉

又照貧富半供全供意

蘇老泉文集

卷四

六經論

易論

禮論

樂論

詩論

書論

春秋論

唐順之曰禮經易緯

茅坤曰文有煙波而以禮爲明以易爲幽謂聖人用其机權以持天下過矣

蘇老泉集卷四

六經論

易論

聖人之道得禮而信得易而尊信之而不可廢尊之而不敢廢故聖人之道所以不廢者禮爲之明而易爲之幽也生民之初無貴賤無尊卑無長幼不耕而不饑不蠶而不寒故其民逸民之苦勞而樂逸也若水之走下而聖人者獨爲

生動有趣

焦竑曰鄭康成六藝論云伏羲時易書既章禮事亦著可佐老泉易禮相表裡之說

之君臣而使天下貴役賤爲之父子而使天下尊役卑爲之兄弟而使天下長役幼蠶而後衣耕而後食率天下而勞之一聖人之力固非足以勝天下之民之衆而其所以能奪其樂而易之以其所苦而天下之民亦遂肯棄逸而即勞欣然戴之以爲君師而遵蹈其法制者禮則使然也聖人之始作禮也其說曰天下無貴賤無尊卑無長幼是人之相殺無已也不耕而食鳥

集評曰禮之用初矣養辨以養安我安弃人物亦安合人之不相殺與鳥獸之不相食以成我之生老泉見大處

獸之肉不蠶而衣鳥獸之皮是鳥獸與人相食無已也有貴賤有尊卑有長幼則人不相殺食吾之所耕而衣吾之所蠶則鳥獸與人不相食人之好生也甚於逸而惡死也甚於勞聖人奪其逸死而與之勞生此雖三尺豎子知所趨避矣故其道之所以信於天下而不可廢者禮爲之明也雖然明則易達易達則褻褻則易廢聖人懼其道之廢而天下復於亂也然後作易觀

以不相殺爲生亦相入而無礼何不遂死便入細

論敵處只用兩句

轉出易味

天地之象以爲爻通陰陽之變以爲卦考鬼神之情以爲辭探之茫茫索之冥冥童而習之白首而不得其源故天下視聖人如神之幽如天之高尊其人而其教亦隨而尊故其道之所以尊於天下而不敢廢者易爲之幽也凡人之所以見信者以其中無所不可測者也人之所以獲尊者以其中有所不可窺者也是以禮無所不可測而易有所不可窺故天下之人信聖人

集註曰清明在躬志氣如神覺卜筮亦多事卜筮爲恒人設教耳

按春官卜師掌開龜之四兆一曰方兆二曰功兆三曰義兆四曰弓兆

之道而尊之不然則易者豈聖人務爲新奇秘怪以夸後世邪聖人不因天下之至神則無所施其教卜筮者天下之至神也而卜者聽乎天而人不預焉者也筮者決之天而營之人者也龜漫而無理者也灼荆而鑽之方功義弓惟其所爲而人何預焉聖人曰是純乎天技耳技何所施吾教於是取筮夫筮之所以或爲陽或爲陰者必自分而爲二始掛一吾知其爲一而掛

歸根此句是本旨

焦竑曰有此理則有此象有此數故以卜筮盡易亦可

詹惟脩曰行禮處有文有質有遲有疾卜度慎重便是易符契自信妙神自尊矣老泉說得出

之也揲之以四吾知其爲四而揲之也歸奇於扐吾知其爲一爲二爲三爲四而歸之也人也分而爲二吾不知其爲幾而分之也天也聖人曰是天人參焉道也道有所施吾教矣於是因而作易以神天下之耳目而其道遂尊而不廢此聖人用其機權以持天下之心而濟其道於無窮也

唐順之曰先說一遍處說一遍茅坤曰以禮爲強世之術即荀子性惡之遺文甚縱橫而議則頗僻矣

焦竑曰羊羔跪乳鴻鴈列飛豈

禮論

夫人之情安於其所常爲無故而變其俗則其勢必不從聖人之始作禮也不因其勢之可以危亡困辱之者以厭服其心而徒欲使之輕去其舊而樂就吾法不能也故無故而使之事君無故而使之事父無故而使之事兄彼其初非如今之人知君父兄之不事則不可也而遂翻然以從我者吾以恥厭服其心也彼爲吾君彼

由教哉而況于人恥字亦季世法然可以恥激原是性善

爲吾父彼爲吾兄聖人曰彼爲吾君父兄何以異於我於是坐其君與其父以及其兄而已立於其旁且俛首屈膝於其前以爲禮而爲之拜率天下之人而使之拜其君父兄夫無故而使之拜其君無故而使之拜其父無故而使之拜其兄則天下之人將復嗤笑以爲迂怪而不從（一轉幻而宕）而君父兄又不可以不得其臣子弟之拜而徒爲其君父兄於是聖人者又有術焉以厭服其

心而使之肯拜其君父兄然則聖人者果何術
也恥之而已古之聖人將欲以禮治天下之民
故先自治其身使天下皆信其言曰此人也其
言如是是必不可不如是也故聖人曰天下有
不拜其君父兄者吾不與之齒而使天下之人
亦曰彼將不與我齒也於是相率以拜其君父
兄以求齒於聖人雖然彼聖人者必欲天下之
又轉上文乃透此已了君
拜其君父兄何也其微權也彼爲吾君彼爲吾
父兄不可不得其拜一句

錢穀曰韓子謂取情而去貌將拜立爲僞首手貌以宣情自是不能已第貌皆去情即爲去貌

父彼爲吾兄聖人之拜不用於世吾與之皆坐於此皆立於此比肩而行於此無以異也吾一（眞不可不得其拜）旦而怒奮手舉挺而搏逐之可也何則彼其心常以爲吾儕也不見其異於吾也聖人知人之安於逸而苦於勞故使貴者逸而賤者勞且又知坐之爲逸而立且拜者之爲勞也故舉其君父兄坐之於上而使之立且拜於下明日彼將有怒作於心者徐而自思之必曰此吾儕之所

茅坤曰：取喻沁心。

莊元臣曰：君父兄凡十八遍，轉說轉覺爽快，減一个不得。

坐而拜之，且立於其下者也。聖人固使之逸而使我勞，是賤於彼也。奮手舉挺以搏逐之，吾心不安焉。刻木而爲人，朝夕而拜之，他日析之以爲薪，而猶且忌之。彼其始木也，已拜之，猶且不敢以爲薪。故聖人以其微權而使天下尊其君父兄，而權者又不可以告人，故先之以恥。（綰結刺恥字）嗚呼！其事如此，然後君父兄得以安其尊而至於今。今之匹夫匹婦莫不知拜其君父兄，乃曰拜起

焦竑曰論禮入易見老蘊學有本源

坐立禮之末也不知聖人其始之教民拜起坐立如此之勞也此聖人之所慮而作易以神其教也

茅坤曰論樂之旨非是而文特嫋娜百折無限煙波

樂論

禮之始作也難而易行既行也易而難久天下未知君之爲君父之爲父兄之爲兄而聖人爲之君父兄天下未有以異其君父兄而聖人爲之拜起坐立天下未肯靡然以從我拜起坐立而聖人身先之以恥嗚呼其亦難矣天下惡夫死也久矣聖人招之曰來吾生爾既而其法果可以生天下之人天下之人視其嚮也如此之

解出易意

唐順之曰多是空中布景絶處逢生令人有凌虛御風之意

危而今也如此之安則宜何從故當其時雖難而易行既行也天下之人視君父兄如頭足之不待别白而後識視拜起坐立如寢食之不待告語而後從事雖然百人從之一人不從則其勢不得遽至乎死天下之人不知其初之無禮而死而見其今之無禮而不至乎死也則曰聖人欺我故當其時雖易而難久嗚呼聖人之所恃以勝天下之勞逸者獨有死生之説耳死生

解出難意

錢穀曰此處萬斤力

之說不信於天下則勞逸之說將出而勝之勞逸之說勝則聖人之權去矣酒有鴆肉有堇然後人不敢飲食藥可以生死然後人不敢以苦口爲諱去其鴆徹其堇則酒肉之權固勝於藥聖人之始作禮也其亦逆知其勢之將必如此也曰告人以誠而後人信之幸今之時吾之所以告人者其理誠然而其事亦然故人以爲信吾知其理而天下之人知其事事有不必然者

錢穀曰緩〻轉出樂來與易論同一杼柚

焦竑曰宮動脾而和正聖商動肺而和正義角動肝而和正仁徵動心而和正禮羽動腎而和正智樂論曰莫

則吾之理不足以折天下之口此告語之所不及也告語之所不及必有以陰驅而潛率之於是觀之天地之間得其至神之機而竊之以爲樂雨吾見其所以濕萬物也日吾見其所以燥萬物也風吾見其所以動萬物也隱隱谹谹而謂之雷者彼何用也陰凝而不散物蹙而不遂雨之所不能濕日之所不能燥風之所不能動雷一震焉而凝者散蹙者遂曰雨者曰日者曰

神于聲意本太史公

焦竑曰宋樂三變而主者皆不知或謂士夫必竟不如工師工師果真樂乎合得礼乐方是樂乐

風者以形用曰雷者以神用用莫神於聲故聖人因聲以爲樂爲之君臣父子兄弟者禮也禮之所不及而樂及焉正聲入乎耳而人皆有事君事父事兄之心則禮者固吾心之所有也而聖人之説又何從而不信乎

二句可玩

吾心固有禮論聊字所從

茅坤曰說詩愈支而文自澎漾可觀

詩論

人之嗜欲好之有甚於生而憤憾怨怒有不顧其死於是禮之權又窮禮之法曰好色不可爲也爲人臣爲人子爲人弟不可以有怨於其君父兄也使天下之人皆不好色皆不怨其君父兄夫豈不善使人之情皆泊然而無思和易而優柔以從事於此則天下固亦大治而人之情又不能皆然好色之心毆諸其中是非不平之

焦竑曰太史公謂古詩三千餘篇孔子去其重複取其可施于礼義者三百五篇可見詩礼自是一致

氣攻諸其外炎炎而生不顧利害趨死而後已噫禮之權止於死生天下之事不至乎可以博生者則人不敢觸死以違吾法今也人之好色與人之是非不平之心勃然而發於中以爲可以博生也而先以死自處其身則死生之機固已去矣死生之機去則禮爲無權區區舉無權之禮以强人之所不能則亂益甚而禮益敗今吾告人曰必無好色必無怨而君父兄彼將遂

姜寶曰好色怨君父不如可羣可怨語意渾洽

從吾言而忘其中心所自有之情邪將不能也彼既已不能純用吾法將遂大棄而不顧吾法既已大棄而不顧則人之好色與怨其君父兄之心將遂蕩然無所隔限而易内竊妻之變與弑其君父兄之禍必反公行於天下聖人憂焉曰禁人之好色而至於淫禁人之怨其君父兄而至於叛患生於責人太詳好色之不絶而怨之不禁則彼將反不至於亂故聖人之道嚴於

轉出詩來

唐順之曰古有二南而無國風之名國風之名出于左荀蓋南雅頌為樂詩而諸國為徒詩也太師比次詩之六義曰風曰賦曰比曰興曰雅曰頌者猶云詩各有其体如此

禮而通於詩禮曰必無好色必無怨而君父兄詩曰好色而無至於淫怨而君父兄而無至於叛嚴以待天下之賢人通以全天下之中人吾觀國風婉孌柔媚而卒守以正好色而不至於

國風好色而不淫小雅怨誹而不亂出太史公

淫者也小雅悲傷詬讟而君臣之情卒不忍去怨而不至於叛者也故天下觀之曰聖人固許我以好色而不尤我之怨吾君父兄也許我以好色不淫可也不尤我之怨吾君父兄則彼雖

耳故雅亦有云
其風肆好

楊慎曰言國風
小雅見小雅與
風騷相類而大
雅不可並言詠
吻之鹿鳴便識
小雅興趣誦文
王在上便識大
雅氣象

焦竑曰易詩樂
俱從礼上結意
老泉學問貫串

以虐遇我我明譏而明怨之使天下明知之則
吾之怨亦得當焉不叛可也夫背聖人之法而
自棄於淫叛之地者非斷不能也斷之始生於
不勝人不自勝其忿然後忍棄其身故詩之教
不使人之情至於不勝也夫橋之所以爲安於
舟者以有橋而言也水潦大至橋必解而舟不
至於必敗故舟者所以濟橋之所不及也吁禮
之權窮於易達而有易焉窮於後世之不信而

有樂焉窮於强人而有詩焉吁聖人之慮事也

蓋詳

茅坤曰此篇識見好法度亦勝
註元臣曰正意只在腹兩段起繳自為照應

書論

風俗之變聖人爲之也聖人因風俗之變而用其權聖人之權用於當世而風俗之變益甚以至於不可復反幸而又有聖人焉承其後而維之則天下可以復治不幸其後無聖人其變窮而無所復入則已矣昔者吾嘗欲觀古之變而不可得也於詩見商與周焉而不詳及觀書然後見堯舜之時與三代之相變如此之亟也自

入題灑脫

楊慎曰夏尚忠商尚質周尚文仲舒倡之司遷贊之孔孟無是說也

唐順之曰此以三代忠質文之異言風俗之變

堯而至於商其變也皆得聖人而承之故無憂至於周而天下之變窮矣忠之變而入於質質之變而入於文其勢便也及夫文之變而又欲反之於忠也是猶欲移江河而行之山也人之喜文而惡質與忠也猶水之不肯避下而就高也彼其始未嘗文焉故忠質而不辭今吾日食之以太牢而欲使之復茹其菽哉嗚呼其後無聖人其變窮而無所復入則已矣周之後而無

三入喻法宗不羈

唐順之曰此以舜禹湯武得天下之異言風俗之變

王焉固也其始之制其風俗也固不容爲其後者計也而又適不值乎聖人固也後之無王者也當堯之時舉天下而授之舜舜得堯之天下而又授之禹方堯之未授天下於舜也天下未嘗聞有如此之事也度其當時之民莫不以爲大怪也然而舜與禹也受而居之安然若天下固其所有而其祖宗既已爲之累數十世者未嘗與其民道其所以當得天下之故也又未嘗

恍之以利而開之以丹朱商均之不肖也其意以爲天下之民以我爲當在此位也則亦不俟乎援天以神之譽巳以固之也湯之伐桀也囂囂然數其罪而以告人如曰彼有罪我伐之宜也既又懼天下之民不已恍也則又囂囂然以言柔之曰萬方有罪在予一人予一人有罪無以爾萬方如曰我如是而是爾之君爾可以許我焉爾吁亦既薄矣至於武王而又自言其先

茅坤曰詆切

祖父偕有顯功既已受命而死其大業不克終今我奉承其志舉兵而東伐而東國之士女束帛以迎我紂之兵倒戈以納我吁又甚矣如曰吾家之當爲天子久矣如此乎民之欲我速入商也伊尹之在商也如周公之在周也伊尹攝位三年而無一言以自解周公爲之紛紛乎急於自疏其非篡也夫固由風俗之變而後用其權權用而風俗成吾安坐而鎮之夫孰知夫風

俗之變而不復反也。

茅坤曰此文自謝枋得以爲名筆學者遂相傳爲千年絶論予謂老蘇論經並以強詞軋正理弟其行文委折似煙波耳

唐順之曰只一事問答纏綿到底

春秋論

公私一篇眼目

賞罰者天下之公也是非者一人之私也位之所在則聖人以其權爲天下之公而天下以懲以勸道之所在則聖人以其權爲一人之私而天下以榮以辱周之衰也位不在夫子而道在焉夫子以其權是非天下可也而春秋賞人之功赦人之罪去人之族絶人之國貶人之爵諸侯而或書其名大夫而或書其字不惟其法惟

其意不徒曰此是此非而賞罰加焉則夫子固曰我可以賞罰人矣賞罰人者天子諸侯事也夫子病天下之諸侯大夫僭天子諸侯之事而作春秋而已則爲之其何以責天下位公也道私也私不勝公則道不勝位位之權得以賞罰而道之權不過於是非道在我矣而不得爲有位者之事則天下皆曰位之不可僭也如此不然天下其誰不曰道在我則是道者位之賊也

詹惟脩曰此合自與

言賞罰非真不得爲偕

曰夫子豈誠賞罰之邪徒曰賞罰之耳庸何傷曰我非君也非吏也執塗之人而告之曰某爲善某爲惡可也繼之曰某爲善吾賞之某爲惡吾誅之則人有不笑我者乎夫子之賞罰何以異此然則何足以爲夫子何足以爲春秋曰夫子之作春秋也非曰孔氏之書也又非曰我作之也賞罰之權不以自與也曰此魯之書也魯作之也有善而賞之曰魯賞之也有惡而罰之

言賞罰即真亦是尋賞罰人

唐順之曰夫子魯人也故所脩者魯史其時周也故所用者王制如曰以天子之權與魯則夫子爲其實而魯受其名夫子不頓自僭而使魯僭之不然也乃老泉周公之心一轉自有微旨

曰魯罰之也何以知之曰夫子繫易謂之繫辭言孝謂之孝經皆自名之則夫子私之也而春秋者魯之所以名史而夫子託焉則夫子公之也公之以魯史之名則賞罰之權固在魯矣春秋之賞罰自魯而及于天下天子之權也魯之賞罰不出境而以天子之權與之何也曰天子之權在周夫子不得已而以與魯也武王之崩也天子之位當在成王而成王幼周公以爲天

（二辨）（三難）

詹惟脩曰就魯使周公事鈔

詹惟脩曰此闕與之不得其人則亂

下不可以無賞罰故不得已而攝天子之位以賞罰天下以存周室周之東遷也天子之權當在乎王而平王昏故夫子亦曰天下不可以無賞罰而魯周公之國也居魯之地者宜如周公不得已而假天子之權以賞罰天下以尊周室

言與彝者以其爲周後

故以天子之權與之也然則假天子之權宜如何曰如齊桓晉文可也夫子欲魯如齊桓晉文而不遂以天子之權與齊晉者何也齊桓晉文

三解 四難 四解 五難

眉批
脩曰此闗無所與則散

陽爲尊周而實欲富强其國故夫子與其事而不與其心周公心存王室雖其子孫不能繼而夫子思周公而許其假天子之權以賞罰天下其意曰有周公之心而後可以行桓文之事此其所以不與齊晉而與魯也夫子亦知魯君之才不足以行周公之事矣顧其心以爲今之天下無周公故至此是故以天子之權與其子孫所以見思周公之意也吾觀春秋之法皆周公

五 解

之法而又詳内而略外此其意欲魯法周公之所爲且先自治而後治人也明矣夫子歎禮樂征伐自諸侯出而田常弑其君則沐浴而請討然則天子之權夫子固明以與魯也子貢之徒不達夫子之意續經而書孔丘卒夫子既告老矣大夫告老而卒不書而夫子獨書夫子作春秋以公天下而豈私一孔丘哉嗚呼夫子以爲魯國之書而子貢之徒以爲孔氏之書也歟遷

焦竑曰有君無君皆不當作杜絕妄奸之萌忠論

固之史有是非而無賞罰彼亦史臣之體宜爾也後之效夫子作春秋者吾惑焉春秋有天子之權天下有君則春秋不當作天下無君則天下之權吾不知其誰與天下之人烏有如周公之後之可與者與之而不得其人則亂不與人而自與則僭不與人不自與而無所與則散嗚呼後之春秋亂邪僭邪散邪

蘇老泉文集

卷五

九贊
八十一首
三方
三州
九部
三家
揲法
占法

唐順之曰玄不可以擬易劉歆見謂覆瓿則已甚之毀桓譚比之聖人則過情之譽

鮑魯齋曰蘇氏解易且不識性宜其不取太玄之僭易易有奇一耦一而子雲

蘇老泉集卷五

太玄論

太玄論上

蘇子曰言無有善惡也苟有得乎吾心而言也則其辭不索而獲夫子之於易吾見其思焉而得之者也於春秋吾見其感焉而得之者也於論語吾見其觸焉而得之者也思焉而得故其言深感焉而得故其言切觸焉而得故其言易

有以焉人謂其好奇字而怪也多載酒以問之豈知其多識先秦古書焉今观齊國所刻一象天二象地以象人其文已見豈子雲所杜撰者人見其数以三起謂一生三而近于老也詎知太極函三為一而易乾初画亦止有三焉由是推之三三而九

聖人之言得之天而不以人叅焉故夫後之學者可以天遇而不可以人得也方其爲書也猶其爲言也方其爲言也猶其爲心也書有以加乎其言言有以加乎其心聖人以爲自欺後之不得乎其心而爲言不得乎其言而爲書吾於揚雄見之矣疑而問問而辯問辯之道也揚雄之法言（作法言準論語）辯乎其不足問也問乎其不足疑也求聞於後世而不待其有得君子無取焉耳太玄

三九二十七三其天三三其地四三其天五三其地六其數無不與易合豈五千文之可例耶學雖未純亦一齊也自莽大夫之書出于朱子而後諸儒始有譏論乃朱子于玄間亦有取焉必有見也

楊慎曰楊雄玄非擬易乃明天

者雄之所以自附於夫子而無得於心者也使雄有得於心吾知太玄之不作何則瘍醫之不爲疾醫樂其有得於瘍也疾醫之不能爲而喪其所以爲瘍此瘍醫之所懼也若夫妄人礪鍼磨砭乃欲爲俞跗扁鵲之事彼誠無得於心而侈於外也使雄有孟軻之書而肯以爲太玄邪惟其所得之不足樂故大爲之名以僥倖於聖人而已且夫易之所爲作者雄不知也以爲數

人始終之理君臣上下之分蓋疾莽而作也桓譚曰是書也可與大易准班固曰經莫大乎易故作太玄使子雲被僭經之名二子之過也

邪以爲道邪惟其爲道也故六十卦而無加六十四卦而無損及其以爲數而後有六日七分之說生焉聖人之意曰六十四卦者易也六日七分者吾以爲歷也在歷以數勝在易以道勝然則易之所爲作其亦可知矣葢自漢以來六經始有異論夫聖人之言無所不通而其用意固有所在也惟其求而不可得於是乃始雜取天下奇怪可喜之說而納諸其中而天下之工

按踦贏一陳登

乎曲學小數者亦欲自附於六經以求信於天下然而君子不取也太玄者雄所以擬易也觀其始於一而終於八十一是四乘之極而不可加也從三方之算而九之并夜於晝爲二百四十有三日三三分其方而一以爲三州三分其州而一以爲三部三分其部而一以爲三家此猶六十之不可加而六十四之不可損也雄以爲未也從而加之曰踦又曰嬴曰吾以求合乎三

赤天晏入玄泉
嬴贊二一盈一
盈踦奇所生葉
子奇曰聖人見
天地閒不過陰
陽因畫奇象陽
畫偶象陰馴而
至于六十四卦
三百八十四爻
其餘歲數雖不
求合而自無不
合玄首歷既不
同别立九贊以
兩贊當一日凡
七百二十九贊

百六十有五與夫四分之一者也曰踦也曰嬴也是何爲者或曰以象四分之一四分之一在嬴而不在踦踦者斗之二十六也或曰以象閏閏之積也起於難之七而於此加焉是强爲之

難首次七拔石砂〻力没以盡測曰拔石砂〻乘時也

辭也且其言曰譬諸人增則贅而割則虧今也

此段專剩不宜加二贊

重不足於歷而輕以其書加焉是不爲太玄也爲太初歷也聖人之所略揚雄之所詳聖人之所重揚雄之所忽是其爲道不足取也道之不

當一歲三百六十四日半外立踦贏二贊當氣盈朔虛雖于歲數似合亦模倣于曆以附會焉恐弥綸天地之經不如是

足取也吾乃今求其數求合乎三百六十有五與夫四分之一者固雄意也贊之七百三十有一是日之三百六十有五與夫四分之一也後之學者曰吾不知夫二十八宿之次與夫日行之度也而於太玄焉求之則吾懼夫積日之無以處也歷者天下之至微要之千載而可行者也四分而加一是四歲而加一日也率四歲而加之千載之後吾恐太冬之爲大夏也且夫四

錢穀曰論理處
忽以喻取致

分其日而贊得二焉故贊者可以爲偶而不可以爲奇其勢然也雄之所欲加者四分之三而所加者四是其爲數不足考也君子之爲書猶工人之作器也見其形以知其用有鼎而加柄焉是無問其工之材不材與其金之良苦而其不可以爲鼎者固已明矣况乎加踦與贏而不合乎二十八宿之度是柄而不任操吾無取也已

錢穀曰以易之不加卦爻之外辨玄之妄加透論上畸贏之説

太玄論中

四分日之一或曰一百分日之二十五在四以爲一在百以爲二十五唯其所在而加之豈有常數哉六日七分者以八十言者也苟有以適於用吾斯從而加之矣坎離震兌各守其方而六十卦之爻分散於三百六十日聖人不以五日四分日之一者害其爲易而以七分者加焉此非有所法乎日月星辰之度天地五行之數

按葉子奇曰卦與首既不同爻與位亦有異如擬中于中孚擬周于復擬礥闕爲屯不知何中之爲何陽之復何剛柔始生而難生

也以爲上之不可以八而下之不可以六故以七分者加之使夫易者亦不爲無用於歷而已矣夫八十分與夫七分者皆非其所以爲易也上下而爲卦九六而爲爻此其所以爲易也聖人不於其所以爲易者加之故加焉而不害其爲易若夫四位而爲首九行而爲贊此正其所以爲太玄者也而雄於此加焉故吾不知其爲太玄也始於中之一而訖於養之九闕焉而未

（按周首初一還于天心何德之僃否測曰還心之否中不想也中首上九巔靈氣形反測曰巔靈之反時不克也）

見者四分日之三而已矣以一百八分而爲日以一分而加之一首之外盡八十一首而四分日之三者可以見矣（此論理粹與唐王廣津合）觀周之一知晝夜之不在乎奇偶而在其所承觀中之九知休咎之不在乎晝夜而在其所處故積其分至於養之九而可以無患蓋易之本六日以爲卦太玄之初四日有半以爲首而皆以四百八十七分求合乎二十八宿之度加分而其數定去躔羸而其道（二句是旨）

勝。吾無憾焉耳。

按繫辭曰大衍之數五十其用四十有九無盈一之說後儒謂數始于一而終于九ゝ者究也然十舉全數九之餘復一也雖謂之始于一終于一可也故大

太玄論下

太玄之策三十有六虚三而三十有三用焉曰其說出於易易曰大衍之數五十其用四十有九是雄之所以爲虚三之說也夫大衍之數是數之宗而萬物之所取用也今夫蓍亦用者之一而已矣或用其千萬或用其一二唯其所用而蓍也用其四十有九焉五者生之終也十者成之極也生之終成之極則天下又何以過之

衍之數五十其用四十有九虛一不用者所以用九也

故曰五十五十者五十有五云也非四十有九而益一云也天下之數於是宗焉則玄無乃亦將取之且夫四十有九者豈有他哉極其所當用之數而取之於大衍者衍其所當用之策數而舉其大略焉耳吾將以老陽之九而明之則夫七八六者可以從而見焉今夫一爻而三變一變而挂一是三用也四四揲之歸奇於扐是十用也既扐而數其餘是三十有六用也三與

十與三十六而四十九之數成焉增之則羸損之則虧四十有九足以成爻而未始有虛一之道吾不知先儒何從而得之也聖人之所爲當然而然耳區區於天地五行之數而牽合於其間者亦見其勞而無取矣聖人觀乎三才之體而取諸其象故八卦皆以三畫及其欲推之於六十四也則從而六之吾又不知先儒之何以配乎六也聖人之意直曰非六無以變非六無

焦竑曰論聖人從違在筮龜之先精當

以變是非四十九無以揲也太玄之筭極於三以三而計之掛其一再扐其五而數其餘之二十七是亦三十三之數不可以有加也今其說曰三六又曰二九又曰倍天之數又曰地虛三以扐天三皆求易之過也夫卜筮者聖人所以探吉凶之自然故爲是不可逆知之數而寓諸其無心之物故雖折草毀尾而皆有以前禍福之兆聖人懼無以自神其心而交於冥莫恍惚

楊慎曰龜取生數一三五七九蓍取成數二四六八十

按葉子奇曰聖人于易雖扶陽抑陰然陰陽者造化之本不可相無未嘗以陽全吉而陰全凶也亦例以晝吉夜凶陰禍陽福亦未盡微旨老

之間也故擇時日登龜取蓍而廟藏焉聖人之視蓍龜也若或依之以自神其心而非蓍龜之能靈也況乎區區牽合於天地五行之數其說固已迂矣卜筮者為不可逆知者也且筮用三經皆奇夕筮用三緯日中夜中用二經一緯皆奇偶雜則是吉凶之純駁不在其逢而在其時使[illegible]且筮者不為大休則為大咎而日中夜中與夫夕[illegible]有大休大咎終不可得而遇也中之

泉意亦如此
按王涯曰中之上九既陽位又當晝時例所當吉而群陽亢極有巔靈之象與易之亢龍其義同驗

九曰顛靈氣形反當晝而凶蓋有之矣占從其詞不從其數其誰曰不可吾欲去其踦與其羸加其首之一分損其蓍之三策不從其數之可以逆知而從其詞之不可以前定庶乎其無罪也

理長

合中下二論結案

太玄總例 并引

吾既作太玄論或者讀楊子之書未知其詳而以意詰吾說病辭之不給也爲作此例凡雄之法與夫先儒之論其可取者皆在有未盡傳之已意曰姑觀是焉蓋雄者好奇而務深故辭多夸大而可觀者鮮始之以十八策中之以三十六終之以七十二積之以二萬六千二百四十四張而不已誰不能然蓋總例之外無觀焉

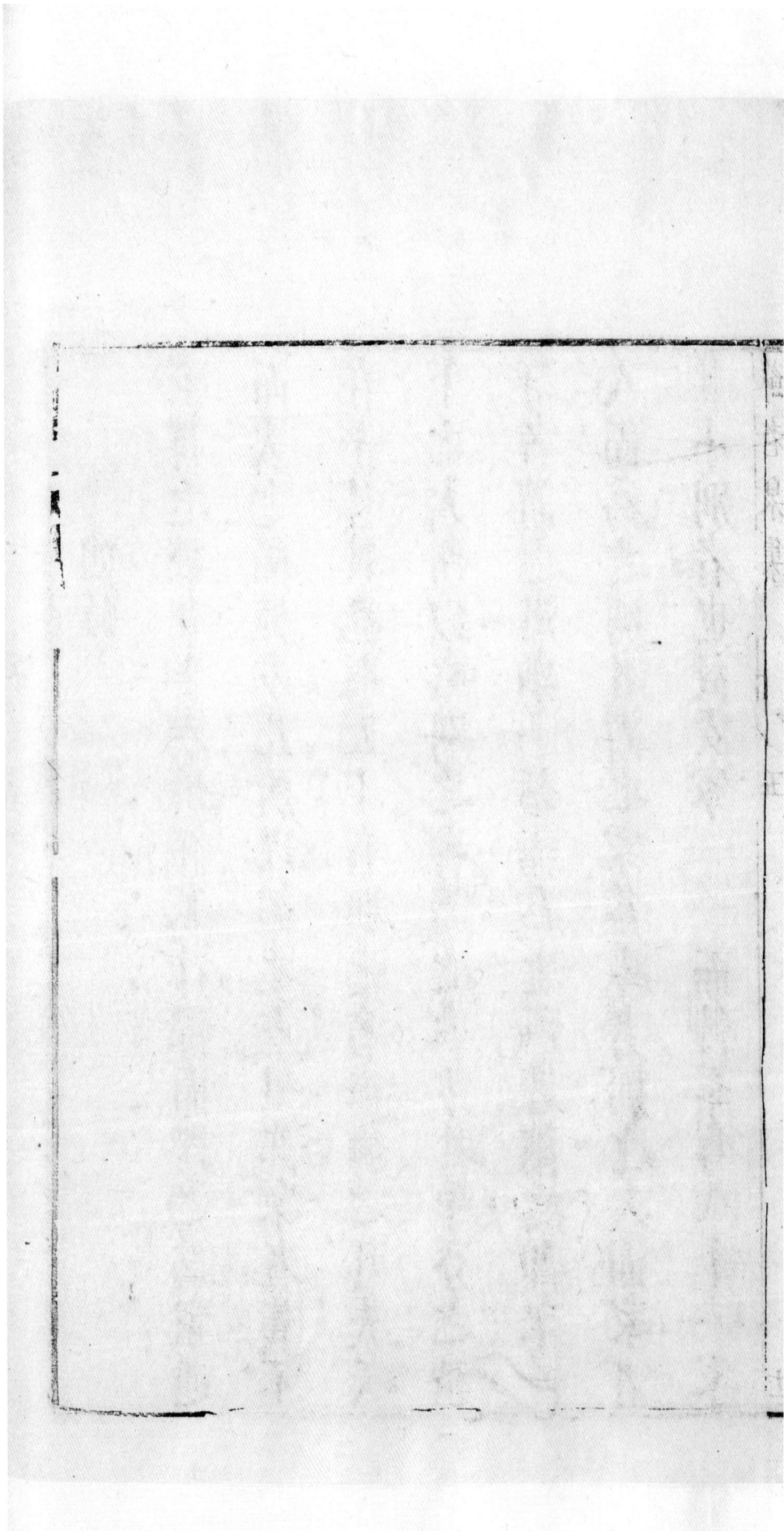

按考索曰方州部家名曰元何義也正元則以方州部家而爲爻之形象而以上下名真是以正太元之四重亦猶易卦之有上下爻也

四位

玄首之數在乎方州部家。初揲而得之爲家。逆而次之極於方。凡所以謂之方州部家者義不在乎其數也。取天下有別之名而加之耳。夫天下之大。所以略別之者謂之方。方之中分之稍詳者謂之州。舉一類而爲之所者謂之部。舉一人而爲之別者謂之家。蓋方者別之大而家者其小別者也。故玄家一。一一而轉而有八十一家

部三三而轉而有七十七部州九九而轉而有
九州方二十七而轉而有三方四者旋相爲亂
而無所不遇故有八十一首

按王涯曰九贊之位類夫爻者也

焦竑曰易爻有六辭亦有六玄畫四贊九是上所明下無所屬首自首贊自贊子奇所謂求而未通者

九贊

方州部家之於玄一首而加一算故四位皆及於三而其算止於八十一率一算而九贊系之贊者所以爲首之日而算者所以爲首之次也故二者並行而其用各異非如易之六畫有以應乎六爻之詞也玄之大體以二贊而當一日贊之奇偶或以爲晝或以爲夜奇首之晝在乎贊之奇偶首之晝在乎贊之偶率十有八贊而

按玄天之道有始中終因而三之故有始始始中始終及中始中中中終及終始終中終終立地之道有下中上立人之道有思禍福三三相乘猶終始也一者思之微者也四者福之資者也七者禍之皆者也三者思之崇者也六者福之除者也九者禍之窮者也

後九日備一首而九贊其勢然也故於九贊之間三三相附以當天之始中終地之下中上與人之思禍福三者自相變而皆可以當其一首之贊故玄之所以有九行者亦以其贊言也五行之次水始於一六土終五十而玄數不及十一水二火三木四金五土六水七火八木九金說者以爲土君象也水火木金土四者當先後於土者也至於八十一首之間則亦以九九相從以當天地人三者之變與夫九行之數故舉

二五八三者之中也福則往而禍則禄也九為說開君子小人所為寄也

其首之當水。與天之始始地之下下人之思內者以爲九天

一者思之微故曰

誠有內者存乎中寔而出者存乎眞雲行雨施存乎從變節易處存乎更珍光潛全存乎晬盎中弘外存乎鄣削退消部存乎臧隆隊幽藏存乎沉考終性命存乎成

按八十一首擬太卦者也

八十一首

一首而九贊二贊爲一日率一首而四日有半奇首之次九爲偶首初一之晝故自奇之一至於偶之一而後得爲五日（范注周之初一日入牛六度礥之初一日入女二度）觀范望之注而考之其星度則奇首之九贊爲五日而偶首止於四玄視曰九日平分范說非也蓋一首之數定而八十一首之數從可知矣日之周天三百六十五度四分度之一玄之八十一首而未增踦嬴

也當其三百六十四度有半於天度爲不及故
踦與羸者又加其一度焉夫方州部家之算雖
無與乎贊之日然及夫推而求其日也皆舉算
而以九乘焉故夫算者亦可以通之於日也四
位皆及於三而周天之日亦可以槩見於其中
矣三方之算五十有四九之半之爲二百四十
三日三州之算十有八九之半之爲八十一日
三部之算六九之半之爲二十七日三家之算

三九之半之爲十三日有半而踦贏不與焉故（玄以太初曆作故節）
列方州部家之極數而以所得之日系之其下
而爲圖（候星辰皆擬焉）

三方

中一 二（天玄二十七首）冬至	三 四	五 六	七 八	九 周一	二 三
四 五	六 七	八 九 女	礥一 二	三 四	五 六
七 八	九 閑一	二 三	四 五 小寒	六 七	八 九
少一 二	三 四	五 六 虛	七 八	九 戾一	二 三

四五 六七 八九 上一二 三四 五六

七危八 大寒 九一十 二三 四五 六七 八九

徐一二 三四 五六 七八 九羑一 二三

四五 六七 八九 差一二 立春 三四 五六 室

七八 九童一 二三 四五 六七 八九

增一二 三四 五六 七八 九鏡一 二三

四五 雨水 六七 八九 達一二 壁 三四 五六

七八 九茭一 二三 四五 六七 八九

耎一二
奎
三四
五六
七八
九傒一
驚蟄
二三

四五
六七
八九
從一二
三四
五六

七八
九進一
二三
四五
六七
婁
八九

釋一二
三四
春分
五六
七八
九格一
二三

四五
六七
八九
夷一二
三四
胃
五六

七八
九樂一
二三
四五
六七
清明
八九

爭一二
三四
五六
七八
九務一
二三

四五
昴
六七
八九
事一二
三四
五六

七八 九更一 穀雨 二三 四五 六七 八九 畢
斷一二 三四 五六 七八 九榖一 二三
四五 六七 八九 裝一二 三四 立夏 五六
七八 九衆一 二三 觜 四五 六七 八九 參
客一二 三四 五六 七八 九親一 二三
四五 六七 八井九 小滿 斂一二 三四 五六
七八 九疆一 二三 四五 六七 八九
悴一二 三四 五六 七八 九盛一 二三 芒種

四五　六七　八九　居一二　三四　五六

七八　九法一　二三　四五　六七　八九

應二　三四　五六　夏至　七八　九迎一　二三　鬼

四五　六七　八九　過一二　柳　三四　五六

七八　九竈一　二三　四五　六七　八九　小暑

大一二　三四　五六　七八　九廓一　二三

四五　星　六七　八九　文一二　三四　五六

七八　九禮一　張　二三　四五　大暑　六七　八九

二一
四三
六五
八七
唐九一
三二

五四
七六
九八
二常一
四三
六五

八七立秋
度九翼
三二
五四
七六
九八

二未一
四三
六五
八七
昆九一
三二

五四
七六
九八

三州

入玄二十七首

二減一處暑
四三
六五
八七
堅九一軫
三二

五
七六
九八
二宇一
四三
六五

八七 翕九一 三二 五四 白露 七六 九八

二聚一 四三 六五 八七 角 積九一 三二

五四 七六 九八 二飾一 四三 六五

八七 秋分 疑九一 三二 五四 七六 九八

二視一 四三 六五 八七 沈九一 三二

五四 氐 七六 九八 二內一 四三 六五

八七 去九一 三二 五四 七六 九八

二晦一 四三 六五 八七 房 瞢九一 三二

四五 六七 霜降 八九 心 窮一二 三四 五六

七八 九割一 尾 二三 四五 六七 八九

止一二 三四 五六 七八 九堅一 立冬 二三

四五 六七 八九

九部

戒一二 三四 五六 七八 九鬪一 箕 二三

四五 六七 八九 失一二 三四 小雪 五六

七八 九劇一 二三 四五 斗 六七 八九

訓一二三四五六七八九將一二三
四五六七八九大雪
三家
鄭一二三四五六七八九勤一二三
四五六七八九養一二三四五六
七八九

揲法

三十有六而策視焉天以三分終於六成故十

一二三之別數是爲三分三分之積數是爲

六成三六之相乘是爲十八策

八策天不施地不成因而倍之地則虗三以扐

天故蓍之數三十有六而揲用三十三別一以

挂于左手之小指中分其餘以三數之幷餘於

扐再扐之後而三數其餘七爲一八爲二九爲

三八扐而四位成雄之說曰一扐之後而數其

餘夫一挂一扐之多不過乎六既六而其餘二

穆文熙曰上述玄揲法下以先挂斷其不再扐之訛

十七者可以爲九而不可以爲八九況夫不至於六哉太玄雄作其揲法宜不謬意者傳之失也王涯之說一扐之後而三三數之三七之餘而一一數之及八以爲二及九以爲三不及八不及九從三三之數而以三七爲一是茍以牽合乎一扐之言而不知夫八者須挂一扐三而後成而扐終不可以三也易之三揲也每分輒挂而列乎三指之間玄之再扐也再扐不挂而

穆文熙曰辨才

歸於初扐之指吾於其掛而後分也見焉易分而後掛故每分輒掛掛必異處故列乎三指之間玄掛而後分故再扐不掛再扐不掛故歸於初扐之指指者視其掛者也然則不再扐吾知雄之不先掛也

按星者如中首所配牽牛北斗水行與首同德是星從也時者如冬至筮遇十月已前首爲逆冬至已後首爲順也數者陰陽奇偶之數以定所遇之晝夜〻咎晝休辭者九贊之詞與所筮之意相違否也

占法

占有四曰星曰時曰數曰辭星者二十八宿與五行之從違也時者所筮之時與所遇之首之從違也數者首贊奇偶之從違也辭者辭之從違也。

首贊奇偶解

一三五七九陽家之晝夜家之夜三四六八陽家之夜陰家之晝〻詞多休夜詞多咎太玄曰經緯以分三表南北爲經東西爲緯一六水在北二七火在南五土在中故一二五六七爲經三八木在東四九金在西故三四八九爲緯取三經以爲旦筮之一表一五七是也取緯以爲夕筮之一表三四八是也取二經一緯以爲日中夜中筮之一表二六九是也旦筮遇奇首曰一從二從三從爲大休遇偶首反是日中夜中筮遇偶首曰一從二從三違始中休終咎遇奇首反是夕筮遇奇首曰一從二違三違始休中終咎遇偶首反是

推玄筭

家一置一二置二三置三部一勿增二增三三增六州一勿增二增九三增十八方一勿增二增二十七三增五十四四位之積筭則是其首

積筭八十一首

按應去中四十一則置四十一減一為四十九乘之而得三百六十因增一為三百六十一半之而得百八十有半則是應之一去冬至百八十日有半也諸首如此

求表之贊

太始為山首

置首去中策數減一而九之增贊半之則得贊

不增一為百八十為偶

增一則奇

去冬至日數矣偶爲所得日之夜奇爲所明日

之晝九之者爲贊也減一者爲增贊也半之者

如應之一日當在牽牛二十九度半

爲日也求星從牽牛始除算盡則是其日也除

斗隨天動左回故曰進

算盡則是其日者星之度日之日也斗振而進

日行右回故曰退

日違天而退玄日書斗書而月不書

按范望曰玄與太初歷相應亦有顓頊之歷焉此之謂也

曆法

十九歲爲一章二十七章五百一十三歲爲一會三會八十一章千五百三十九歲爲一統三統九會二百四十三章四千六百一十七歲爲一元一章閏分盡一會月蝕盡一統朔分盡一元六甲盡自子至辰自辰至申自申至子是爲三元冠之以甲而章會統元與月蝕俱沒此雄之自述云爾夫盡者生於不齊者也不齊之積

按朱子曰天道與日月五星皆左旋天道日周天而過一度日不及一度月不及十三度十九分度之一今入説月行速日行遲非也

穆文熙曰一篇全剽其日書斗書而月不書

而至於齊是以有盡也斗與天而東日違天而西終日而成度盡度而成朞故不齊者非出於斗與日出於月也日舒而月速於是有晦朔弦望進退之不齊惟其不齊故要之於四千六百一十七歲而後四者皆盡又從而三之萬有三千八百五十一歲冬至朔旦復得甲子而十二辰盡也此五盡者歷之所以有法也今玄告曰玄日書斗書而月不書夫七百三十一贊二一贊

而爲一日固其勢不得書月也苟月而不書則
夫曆法之可見於玄者止於一朞而此五盡也
雄之所强存存而已是故列其一朞之法於前而
存其五盡之數於後蓋不詳云

蘇老泉文集

卷六

唐順之曰洪範不是洛書
按王禕洛書辨謂河圖洛書皆伏羲之所以作易而洪範九疇則禹所自叙

蘇老泉集卷六

洪範論

洪範論敘

洪範其不可行歟何説者之多而行者之寡也曰諸儒使然也譬諸律令其始作者非不欲人之難犯而易避也及吏胥舞之則千機百穽吁可畏也夫洪範亦猶是耳吾病其然因作三論大抵斥末而歸本褒經而擊傳剗磨瑕垢以見

聖秘復列二圖一以指其謬一以形吾意噫人吾知乎不吾知其謂吾求異夫先儒而以爲新奇也

焦竑曰胤征呂刑皆托詞于天尚書言必稱天此其常也非天以此分畀禹也句熊氏說亦如是

洪範上

洪範之原出于天而畀之禹禹傳之箕子箕子死後世有孔安國爲之注劉向父子爲之傳孔穎達爲之疏是一聖五賢之心未始不欲人君審其法從其道矣禹與箕子之言經也幽微宏深不可以俄而曉者經之常也然而所審當得其統所從當得其端是故宜責孔劉輩今求之於其所謂注與傳與疏者而不獲故明其統舉

二語要領

其端而欲人君審從之易也夫致至治總乎大法樹大法本乎五行理五行資乎五事正五事賴乎皇極五行含羅九疇者也五事檢御五行者也皇極裁節五事者也儻終於身驗於氣則終始常道之次靡有不順焉然則含羅者其統也裁節者其端也執其端而御其統古之聖人正如是耳今夫皇極之建也貌必恭恭作肅言必從從作乂視必明明作哲聽必聰聰作謀思

姜寶曰：讀葉適洪範五行曰：劉向為王氏考災異著五行傳，歸于切劘當世，而漢儒之言陰陽者，其學亦各有

必睿，睿作聖。如此，則五行得其性，雨暘燠寒風皆時，而五福應矣。若夫皇極之不建也，貌不恭，厥咎狂；言不從，厥咎僭；視不明，厥咎豫；聽不聰，厥咎急；思不睿，厥咎蒙。如此，則五行失其性，雨暘燠寒風皆常，而六極應矣。噫！曰得、曰時、曰福，人君孰不欲趨之；曰失、曰常、曰極，人君孰不欲逃之。然而罕能者，諸儒之過也。夫禹之疇，分之則幾五十矣，諸儒不求所謂綂與端者，顧爲之

所主然洪範之說由此顯梨得老泉統端之論而洪範無鄧書後學無燕說矣

傳則嚮之五十又將百焉人之心一固不能兼百難之而不行也欲行之莫若歸之易不歸之五十五五十歸之九九歸之三三五行也五事也皇極也而又以皇極裁節五事五事得而五行從是三卒歸之一也然則所守不亦約而易乎所守約而易則人君孰欲棄得取失棄時取常棄福取極哉以一治三以三治九以九治五十以五十治百天意也禹意也箕子意也

了前皇極裁節五事一句

善寶曰此論即
上論翻來實指
歆向失處

洪範中 并圖

或曰古人言洪範莫深於歆向之傳吾嘗學而得之矣今觀子之論子其未之學耶何遽反之也子之論曰皇極裁節五事其建不建爲五事之得失傳則擬五事而言之其咎其罰其極與五事比非所以裁節五事也子又曰皇極建則五福應皇極不建則六極應傳則條福極而配之貌與言與視與聽與思與皇極又非皇極兼

姜寶曰一辨以不極屬弱過劉剛惡過柔爲弱均与好德反劉

獲福極也然則劉之傳子之論孰得乎曰爾以箕子之知洪範與歆向之知孰愈必曰箕子之知愈也則吾從之彼歆向拂箕子意矣吾復何取哉雖然彼豈不知求從箕子乎求之過深而惑之愈甚矣歆向之惑始於福極分應五事遂强爲之說故其失寖廣而有五焉今其傳以極之惡福之攸好德歸諸貌極之憂福之康寧歸諸言極之疾福之壽歸諸視極之貧福之富歸

傳分屬便支離

姜寶曰二辨以不極屬一弱而以極屬五福福極對詘透快

諸德極之凶短折福之考終命歸諸思所謂福止此而已所謂極則未盡其弱焉遂曲引皇極以足之皇極非五事匹其不建之咎止一極之弱哉其失一也且逆而極順而福傳之例也至皇之不極則其極既弱矣吾不識皇之極則天將以何福應之哉若曰五福皆應則皇之不極惡憂疾貧凶短折弱不偕應哉此乃自廢其例其失二也箕子謂咎曰狂僭豫急蒙而已罰曰

姜寶曰三辨增咎以眊增罰以陰

姜寶曰四辨離五行五事而爲解

雨暘燠寒風而已今傳又增咎以眊增罰以陰貲其揠聖人之言以就固謬況眊與蒙無異而陰可兼雨而别名之得乎其失三也經之首五行而次五事者徒以五行天而五事人人不可以先天耳然五行之逆順必視五事之得失使吾爲傳必以五事先五行借如傳貌之不恭是謂不肅厥咎狂則木不曲直厥罰常雨其餘亦如之察劉之心非不欲爾葢五行盡於思無以

姜寶曰五辨火土金水與木儔不等

周皇極苟如庶驗增之則雖惷亦怪駭矣故離五行五事而爲解以蔽其虆其失四也傳之於木其說以爲貌矣及火土金水則思言視聽殊不及焉自相駁亂其失五也夫九疇之於五行可以條而入者惟二箕子陳之葢有深旨矣五事一也庶驗二也驗之肅乂哲謀聖一出於五事事之貌言視聽思一出於五行此理之自然可不條而入之乎其他八政五紀三德稽疑福

長寶曰此言五事庶驗之外不可條入五行

極其大歸雖無逃於五行五事非可條而入之者也條而入之非理之自然故其傳必鉤摮扳援文致而強附之然後可以僅知此福此極之所以應此事者立言如此其亦勞矣且傳於福極既爾則於八政五紀三德稽疑亦當爾而今又不爾何也經曰五皇極皇建其有極歛時五福用敷錫厥庶民此言皇極建而五福備使經云皇極之不建則必以六極易五福矣焉在其

美寶曰始終皇極哉前五事論須極確

條而人之乎且皇極九疇之尤貴者故聖人位之於中以貫上下譬若庶驗然曰雨曰暘曰燠曰寒曰風曰時時於雨暘燠寒風各冠其上耳又可列之以爲一驗乎若是則劉之傳惑且強明矣噫傳之法二劉唱之班固志之後之史志五行者孰不師而效之世之讀者又孰不從而然之是以膠爲一論莫有考正吾得無言哉

一圖指傳之謬

田獵不宿飲食不享出入不節奪民農時及有姦謀木不曲直貌之不恭是謂不肅厥咎狂厥罰常雨厥極惡說曰順之其福攸好德

棄法律逐功臣殺太子以妾爲妻火不炎上言之不從是謂不乂厥咎僭厥罰常暘厥極憂說曰順之其福康寧

治宮室飾臺榭內淫亂犯親戚侮父兄稼穡不成視之不明是謂不哲厥咎豫厥罰常燠厥極疾說曰順之其福壽

好戰功輕百姓飾城郭侵邊境金不從革聽之不聰是謂不謀厥咎急厥罰常寒厥極貧說曰順之其福富

簡宗廟不禱祠
廢祭祀逆天時
水不潤下
思之不睿
是謂不聖
厥咎蒙
厥罰常風
厥極凶短折說曰
順之其福考終命

皇之不極
厥咎眊
厥罰常陰
厥極弱

一圖形今之意

皇極

貌恭肅　木曲直　時雨

言從乂　金從革　時暘

視明哲　火炎上　時燠　五福

之建

聽聰謀　水潤下　時寒

思睿聖　土稼穡　時風

皇極

貌不恭狂　木不曲直　常雨

言不從僭　金不從革　常暘

視不明豫　火不炎上　常燠　六極

不建

聽不聰急　水不潤下　常寒

思不睿蒙　土不稼穡　常風

按鄭樵禹貢洪範論曰九疇之綱領在于五行五行之綱領在于水故一汨而五行皆汨

姜寶曰此段述經之序五行五

洪範下

吾既剔去傳疵以粹經猶有秘處而先儒不白其意或解失其旨者并一今辨正以中之經曰鯀陻洪水汨陳其五行帝乃震怒不畀洪範九疇夫五行一疇耳一汨而九不畀蓋五行綱九疇綱壞而目廢也然則五行之汨非五事之失乎五事之失非皇極之不建乎蓋箕子微見其統與端矣經之次第五行也以生數至於五事

事以明皇極裁節五事五事揔御五行五行含羅九疇之意

也求之五行則相尅何也從五常斯與相尅合矣先民之論五行也水性智而事聽火性禮而事視木性仁而事貌金性義而事言土性信而事思及其論五常也以爲德莫大於仁仁或失於弱故以義斷之義或失於剛故以禮節之禮或失於拘故以智通之智或失於詐故以信正之此五常次第所以然也五事從之所以亦然也三八政曰食曰貨曰祀曰賓曰師五者不以

姜寶曰如周禮便覺八政之該如鄭如孔則隘矣

官名之鄭康成以食爲稷以貨爲司貨賄以賓爲大行人是三百六十官箕子於九疇中區區焉錯舉其八耳孔穎達則曰司貨賄大行人皆事主非復民政夫事雖非民亦未害爲政孔之失滋甚焉吾以爲不然箕子言國家之政無越是八者周公制禮酌而用之故建六官以主八政食與貨則天官祀與賓則春官師則夏官司空則冬官司徒則地官司寇則秋官此得其正

姜寶曰不精不筮不執不筮卜筮人須擇也可見
按漢嚴君平卜筮于成都市以卜筮賤業而可以惠衆人有邪惡之問則依龜筮爲言與子言孝與弟言順與臣言忠各因勢道之以善漢武帝時丘子明以卜筮見寵素有睚眦不快因公

矣七稽疑擇建立卜筮人孔安國謂知卜筮人而立之夫知卜筮人天下不爲鮮矣孜孜然以擇此爲事則委瑣不亦甚乎吾意卜筮至神人所諒而從者導之善人必諒而從之蜀莊是矣導之惡人亦諒而從之丘子明是也聖人懼後人輕其職使有如丘子明輩故曰擇建立卜筮人謂擇賢也不然司空司徒司寇其擇之又當甚於此云者彼天子之卿不若卜筮之官爲後

行誅恣意所傷以破族滅門者不可勝數可憐蕩恐皆曰龜策能言後事覺奸竊六誅三族

世所輕雖婦人孺子知其不可不擇故也嗚呼聖人之言枝分派別不得其源紛莫可曉譬之日月五星十二次二十八宿使昧者觀之固憒憒如也不知晷度躔次的不可紊差之秒忽寒暑乖逆吾故於洪範明其統舉其端削劉之惑繩孔之失使經意炳然如從璣衡中窺天文矣

姜寶曰兩立案後一一擊斷

洪範後序

吾論洪範以五福六極系皇極之建與不建而且不與二劉之增眊與陰或者猶以劉向夏侯勝之說爲惑劉向之言皇極之建總爲五福皇極之不建不能主五事下與五事齒而均獲一極猶平王之時降而爲國風夏侯勝之言曰天久陰不雨臣下將有謀上者已而果然以劉向之說則皇極之不建不可系以六極以夏侯勝

焦竑曰托春秋言灾異不言事應使言偶然言乾封言天變不足畏者爲口實則事應之說寧過存毋寧過棄

之說則秏與陰不可廢是皆不然夫福極之於五事非若庶驗也陰陽而推之律曆而求之人事而揆之庶驗之通於五事可指而言也且聖人之所可知也今指人而謂之曰爾爲某事明日必有某福爾爲某事明日必有某極是巫覡卜相之事也而聖人何由知之故吾以爲皇極之建五事皆得而五福皆應不曰應其事者必某福也皇極不建五事皆失而六極皆應不曰

陳仁錫曰義即是利如蘊解似未精然行文偉雋不妨模範

應其事者必其極也五事之間得與失參焉則亦不曰必其福必其極應也亦曰福與極參焉耳今劉以爲皇極建而爲五事主故加之五福及其不建也不加之以六極而以平王之詩爲說其意以爲不建則不能爲五事主故不加之六極以爲貶也今有人有九命之爵及有罪而曰削其爵使至一命以貶之曰貶可也此猶平王之詩降而爲國風曰降可也若夫有罪人當

具五刑而曰是人也罪大不當加之以五刑姑以墨辟論以重其責是得爲重其責耶今欲重不建之罪不曰六極皆應而曰獨蒻之極應乃引平王之詩以爲說平王之詩固不然也且彼聖人者豈以天下之福與極止於五與六而已哉葢亦舉其大槩耳夫天地之間非人力所爲而可以爲驗者多矣聖人取其尤大而可以有所兼者五而使其餘者可以遂見焉今也力分

陳仁錫曰文章妙在盤弄

其一端以爲二而必曰陰爲陰雨爲雨且經之庶驗有曰陽矣而豈獨遺陰哉蓋陰之極盛於雨而聖人舉其極者言也吾觀二劉之傳金不從革與傳常雨也乃言雷電雨雪皆在而獨於此别雨與陰何也然則夏侯勝之言何以必應曰事固有幸而中者公孫臣以漢爲土德而黄龍當見黄龍則見矣而漢乃火德也可以一黄龍而必謂漢爲土德耶必不可也其所謂眊者

蒙矣胡復多言哉。

蘇老泉文集

卷七

雜論

茅坤曰老蘓史論頗得史家之髓故並存之三篇當合看

楊慎曰子玄史通訪處實中前人膏肓取節焉可也黄山谷謂

蘇老泉文集卷七

雜論

史論引

史之難其人久矣魏晉宋齊梁隋間觀其文則亦固當然也所可怪者唐三百年文章非三代兩漢無敵史之才宜有如丘明遷固輩而卒無一人可與范曄陳壽比肩巢子之書世稱其詳且博然多俚辭俳狀使之紀事當復甚乎其嘗

老泉公論

當一作將

論文則文心雕龍論史則史通二書不可不觀

所譏誚者唯子餘側爲差愈吁其難而然哉夫知其難故思之深思之深故有得因作史論三篇

茅坤曰經史並言是對客論主法

史論上

史何爲而作乎其有憂也何憂乎憂小人也何由知之以其名知之楚之史曰檮杌檮杌四凶之一也君子不待褒而勸不待貶而懲然則史之所懲勸者獨小人耳仲尼之志大故其憂愈大憂愈大故其作愈大是以因史修經卒之論其效者必曰亂臣賊子懼由是知史與經皆憂小人而作其義一也其義一其體二故曰史焉

按元儒張紳序通鑑續編衍老泉說曰太史公之史其体本乎尚書司馬公之通鑑其体本乎左氏朱子之綱目其体本乎春秋杜祐之通典其体本乎周禮惟易詩之體未有得之者而韓

曰經焉大凡文之用四事以實之詞以章之道以通之法以檢之此經史所兼而有之者也雖然經以道法勝史以事詞勝經不得史無以證其褒貶史不得經無以酌其輕重經非一代之實錄史非萬世之常法體不相沿而用實相資焉夫易禮樂詩書言聖人之道與法詳矣然弗驗之行事仲尼懼後世以是爲聖人之私言故因赴告策書以修春秋旌善而懲惡此經之道

嬰之韓詩外傳
卲雍之皇極演
易可謂傑出矣
楊用脩以為此
論甚新

也猶懼後世以爲已之臆斷故本周禮以爲凡此經之法也至於事則舉其略詞則務於簡吾故曰經以道法勝史則不然事旣曲詳詞亦夸耀所謂褒貶論贊之外無幾吾故曰史以事詞勝使後人不知史而觀經則所褒莫見其善狀所貶弗聞其惡實吾故曰經不得史無以證其褒貶使後人不通經而專史則稱謂不知所法懲勸不知所沮吾故曰史不得經無以酌其輕

重經或從僞赴而書或隱諱而不書若此者衆皆適於教而已吾故曰經非一代之實録史之一紀一世家一傳其間美惡得失固不可以一二數則其論贊數十百言之中安能事爲之褒貶使天下之人動有所法如春秋哉吾故曰史非萬世之常法夫規矩準繩所以制器器所待而正者也然而不得器則規無所效其圓矩無所用其方準無所施其平繩無所措其直史待

茅坤曰餘波作
掉尾

經而正不得史則經晦吾故曰體不相沿而用實相資焉噫一規一矩一準一繩足以制萬器後之人其務希遷固實錄可也慎無若王通陸長源輩囂囂然冗且僭則善矣

唐順之曰老泉論史眼力心力俱到

茅坤曰分段議論體古人讀史判畫如此

史論中

遷固史雖以事詞勝然亦兼道與法而有之故時得仲尼遺意焉吾今擇其書有不可以文曉而可以意達者四悉顯白之其一曰隱而章其二曰直而寬其三曰簡而明其四曰微而切遷之傳廉頗也議救閼與之失不載焉見之趙奢傳傳酈食其也謀撓楚權之繆不載焉見之留侯傳固之傳周勃也汗出洽背之恥不載焉見

之王陵傳傳董仲舒也議和親之疎不載焉見之匈奴傳夫頗食其勃仲舒皆功十而過一者也苟列一以疵十後之庸人必曰智如廉頗辯如酈食其忠如周勃賢如董仲舒而十功不能贖一過則將苦其難而怠矣是故本傳晦之而他傳發之則其與善也不亦隱而章乎遷論蘇秦稱其智過人不使獨蒙惡聲論北宮伯子多其愛人長者固贊張湯與其推賢揚善贊酷吏

焦竑曰功十過一過十功一之論與春秋善善也長惡惡也短合肯歐陽公非非堂記云是是近乎諂非非近乎訕與其諂也寧訕非君子之言也

人有所褒不獨暴其惡夫秦伯子湯酷吏皆過十而功一者也苟舉十以廢一後之凶人必曰蘇秦北宫伯子張湯酷吏雖有善不録矣吾復何望哉是窒其自新之路而堅其肆惡之志也故於傳詳之於論於贊復明之則其懲惡也不亦直而寛乎遷表十二諸侯首魯訖吳實十三國而越不與焉夫以十二名篇而載國十三何也不數吳也皆諸侯耳獨不數吳何也用夷禮

楊慎曰春秋嚴華夷如此夷狄之禍兆端于元海濫觴于元魏洋溢于遼金滔天于蒙古正因御之者不知春秋

也不數而載之者何也周裔而霸盟上國也春秋書哀七年公會吳于鄫書十二年公會吳于槖皐書十三年公會晉侯及吳子于黃池此其所以雖不數而猶獲載也若越區區於南夷豺狼狐狸之與居不與中國會盟以觀華風而用夷俗之名以赴故君子即其自稱以罪之春秋書定五年於越入吳書十四年於越敗吳於檇李書哀十三年於越入吳此春秋所以夷狄畜

之也苟遷舉而措之諸侯之末則山戎獫狁亦或庶乎其間是以絕而棄之將使後之人君觀之曰不知中國禮樂雖勾踐之賢猶不免乎絕與棄則其賤夷狄也不亦蕑而明乎固之表八而王侯六書其人也必曰某土某王若侯某或功臣外戚則加其姓而首目之曰號謚姓名此異姓列侯之例也諸侯王其目止號謚豈以其尊故不曰名之邪不曰名之而實名之豈以不

錢穀曰先儒謂王莽僞僭得固之筆而益嚴得老泉之論而益顯信然

名則不著邪此同姓諸侯王之例也王子侯其目爲二上則曰號謚名名之而曰名之殺一等矣此同姓列侯之例也及其下則曰號謚姓名夫以同姓列侯而加之異姓之例何哉察其故葢元始之間王莽僞褒宗室而封之者也非天子親親而封之者也宗室天子不能封而使王莽封之故從異姓例示天子不能有其同姓也將使後之人君觀之曰權歸於臣雖同姓不能

茅坤曰與得仲尼遺意句相應

有名器誠不可假人矣則其防僭也不亦微而切乎噫隱而章則後人樂得爲善之利直而寬則後人知有悔過之漸簡而明則人君知中國禮樂之爲貴微而切則人君知强臣專制之爲患用力寡而成功博其能爲春秋繼而使後之史無及焉者以是夫

茅坤曰評騭諸家如酷吏斷獄

史論下

或問子之論史鈎抉仲尼遷固潛法隱義善矣仲尼則非吾所可評吾惟意遷固非聖人其能如仲尼無一可指之失乎曰遷喜雜説不顧道所可否固貴諛僞賤死義大者此既陳議矣又欲寸量銖稱以摘其失則煩不可舉今姑告爾其尤大彰明者焉遷之辭淳健簡直足稱一家而乃裂取六經傳記雜於其間以破碎汩亂其

樓慎曰史記自左氏而下未有其比非獨太史公父子筆力亦由其書會萃左氏國語戰國策世本及司馬相如東方朔輩諸名人文章以爲楨幹也

體五帝三代紀多尚書之文齊魯晉楚宋衛陳鄭吳越世家多左傳國語之文孔子世家仲尼弟子傳多論語之文夫尚書左傳國語論語之文非不善也雜之則不善也今夫黼繪錦縠衣服之窮美者也尺寸而割之錯而紉之以爲服則綈繒之不若遷之書無乃類是乎其自敘曰談爲太史公又曰太史公遭李陵之禍是與父無異稱也先儒反謂固沒彪之名不若遷讓美

焦竑曰老泉自謂有得故不許班固蹈襲然固亦有勝遷處如平準書令遠方各以其物貴時商賈所轉販者為賦而相灌輸此說亦明固曰令遠方各以其

於談吾不知遷於紀於表於書於世家於列傳所謂太史公者果其父耶抑其身耶此遷之失也固贊漢自創業至麟趾之間襲蹈遷論以足其書者過半且褒賢貶不肖誠已意也盡已意而已今又剽他人之言以足之彼既言矣申言之何益及其傳遷揚雄皆取其自敘屑屑然曲記其世系固於他載豈若是之備哉彼遷雄自敘可也已因之非也此固之失也或曰遷固之

物如異時商賈所轉販云云此説漁矣添如異時三字是驅蟲氏以夜商之為也紀事之文惟貴明白故通鑑取志語

焦竑曰老泉謂遷固之雄剛孫之所向無不如意如范如陳自不啻臧獲

失既爾遷固之後爲史者多矣范曄陳壽實巨擘焉然亦有失乎曰烏免哉曄之史之傳若酷吏宦者列女獨行多失其人間尤甚者董宣以忠毅槩之酷吏鄭衆呂强以廉明直諒槩之宦者蔡琰以忍恥妻胡槩之列女李善王忳以深仁厚義槩之獨行與夫前書張湯不載於酷吏史記姚杜仇趙之徒不載於遊俠遠矣又其是非頗與聖人異論竇武何進則戒以宋襄之違

焦竑曰溫公書諸葛亮入寇先儒以爲冠履倒置則書之失可知然第曰鼎立稱帝亦未確

天諭西域則借張騫班勇之遺佛書是欲相將苟免以爲順天乎中國叛聖人以奉戎神乎此曄之失也壽之志三國也紀魏而傳吳蜀夫三國鼎立稱帝魏之不能有吳蜀猶吳蜀之不能有魏也壽獨以帝當魏而以臣視吳蜀吳蜀於魏何有而然哉此壽之失也噫固譏遷失而固亦未爲得曄譏固失而曄益甚至壽復爾史之才誠難矣後之史宜以是爲監無徒譏之也

唐順之曰文字摹蜀卿

茅坤曰千古絶謂賢君不時有忠臣不時得故作諫論

焦竑曰看權字精

諫論上

古今論諫常與諷而少直其説蓋出於仲尼吾以爲諷直一也顧用之之術何如耳伍舉進隱語楚王淫益甚茅焦解衣危論秦帝立悟諷固不可盡與直亦未易少之吾故曰顧用之之術何如耳然則仲尼之説非乎曰仲尼之説純乎經者也吾之説參乎權而歸乎經者也如得其術則人君有少不爲桀紂者吾百諫而百聽矣

唐順之曰道者道術仁者仁術術字善看亦無病

况虚已者乎不得其術則人君有少不若堯舜者吾百諫而百不聽矣况逆忠者乎然則奚術而可曰機智勇辯如古游説之士而已夫游説之士以機智勇辯濟其詐吾欲諫者以機智勇辯濟其忠請備論其效周衰游説熾於列國自是世有其人吾獨怪夫諫而從者百一説而從者十九諫而死者皆是説而死者未嘗聞然而抵觸忌諱説或甚於諫由是知不必乎諷而必

賴此句

乎術也説之術可爲諫法者五理諭之勢禁之利誘之激怒之隱諷之之謂也觸龍以趙后愛女賢於愛子未旋踵而長安君出質甘羅以杜郵之死詰張唐而相燕之行有日趙卒以兩賢王之意語燕而立歸武臣此理而諭之也子貢以内憂教田常而齊不得伐魯武公以麋鹿脅項襄而楚不敢圖周魯連以烹醢懼垣衍而魏不果帝秦此勢而禁之也田生以萬戸侯啓張

康海曰所援不過春秋戰國人語以不免戰國縱横之議被一術字壞了

卿而劉澤封朱建以富貴餌閎孺而辟陽赦鄒陽以愛幸悅長君而梁王釋此利而誘之也蘇秦以牛後羞韓而惠王按劍大息范雎以無王恥秦而昭王長跪請教酈生以助秦凌漢而沛公輟洗聽計此激而怒之也蘇代以土偶笑田文楚人以弓繳感襄王蒯通以娶婦悟齊相此隱而諷之也五者相傾險詖之論雖然施之忠臣足以成功何則理而諭之主雖昏必悟勢而

此段文如錦

敖英曰老泉何淺之待忠臣哉有龍逢比干之心者不肯為蘇秦張儀之術有蘇秦張儀之術

禁之主雖驕必懼利而誘之主雖怠必奮激而怒之主雖懦必立隱而諷之主雖暴必容悟則明懼則恭奮則勤立則勇容則寬致君之道盡於此矣吾觀昔之臣言必從理必濟莫如唐魏鄭公其初實學縱横之説此所謂得其術者歟噫龍逄比干不獲稱良臣無蘇秦張儀之術也蘇秦張儀不免爲游説無龍逄比干之心也是以龍逄比干吾取其心不取其術蘇秦張儀吾

若不能存龍逄比干之心

取其術不取其心以爲諫法

陳繼儒曰無一語不精融無一語落蹊徑

諫論下

夫臣能諫不能使君必納諫非眞能諫之臣君能納諫不能使臣必諫非眞能納諫之君欲君必納乎嚮之論備矣欲臣必諫乎吾其言之夫君之大天也其尊神也其威雷霆也人之不能抗天觸神忤雷霆亦明矣聖人知其然故立賞以勸之傳曰興王賞諫臣是也猶懼其選耎阿諛使一日不得聞其過故制形以威之書曰臣

賞刑二字一篇綱領

茅坤曰東上緊
嚴家醒人目

焦竑曰以下喻
意正意相御而
行巧而縱

下不正其刑墨是也人之情非病風喪心未有避賞而就刑者何苦而不諫哉賞與刑不設則人之情又何苦而抗天觸神忤雷霆哉自非性忠義不悅賞不畏罪誰欲以言博死者人君又安能盡得性忠義者而任之今有三人焉一人勇一人勇怯半一人怯有與之臨乎淵谷者且告之曰能跳而越此謂之勇不然爲怯彼勇者恥怯必跳而越焉其勇怯半者與怯者則不能

也又告之曰跳而越者與千金不然則否彼勇怯半者奔利必跳而越焉其怯者猶未能也須臾顧見猛虎暴然向逼則怯者不待告跳而越之如康莊矣然則人豈有勇怯哉要在以勢驅之耳君之難犯猶淵谷之難越也所謂性忠義不悅賞不畏罪者勇者也故無不諫焉悅賞者勇怯半者也故賞而後諫焉畏罪者怯者也故刑而後諫焉先王知勇者不可常得故以賞爲

收一句

入本意

以喻意寫正意文以趣勝

茅坤曰重刑上見老泉得解處

茅坤曰結論老鍊百尺竿頭進步

千金以刑爲猛虎使其前有所趨後有所避其勢不得不極言規失此三代所以興也末世不然遷其賞於不諫遷其刑於諫宜乎臣之噤口卷舌而亂亡隨之也間或賢君欲聞其過亦不過賞之而已嗚呼不有猛虎彼怯者肯越淵谷乎此無它墨刑之廢耳三代之後如霍光誅昌邑不諫之臣者不亦鮮哉今之諫賞時或有之不諫之刑缺然無矣苟增其所有有其所無則

諛者直佞者忠況忠直者乎誠如是欲聞讜言而不獲吾不信也

焦竑曰此即孫臏篇三權之説而暢言之

制敵

兵何難曰難乎制敵曷難乎制敵曰古者六師之中士不能皆銳馬不能皆良器械不能皆利故其兵必有上中下輩力扼虎射命中捕敵敢前攻壘敢先乘上兵也習行陣曉擊刺進而進退而退中兵也奔則蹶負則喘迎刃而殪望敵而走下兵也凡上兵一支中兵十中兵十支下兵百此非獨吾有敵亦不無也爲將者不以計

説得明

焦竑曰我善兵敵亦善兵奈何想有持之一法在

用之而曰敵以上兵來吾無上兵乎以中兵來吾無中兵乎以下兵來吾無下兵乎然則勝負何時而決也夫勝負久而不決不能無老師費財吾故曰難乎制敵也若其善兵者則不然堂然而陣填然而鼓視敵之兵有挺刃大呼而爭奮者此其上兵也以吾下兵委之吾進亦進吾退亦退者此其中兵也以吾上兵乘之滿鏃而向之其色動介馬而馳之其轍亂者此其下兵

佳句

錢穀曰文甚紆迴可愛

也以吾中兵襲之夫如此敵之上兵樂吾下兵之易攻也必盡銳不顧而擊之吾得以上兵臨其中中兵臨其下此皆以一克十以十克百之兵也焉往而不勝哉是則敵三克吾一而吾三克敵二況其上兵雖勝而中兵下兵卽旣爲吾克其勢不能獨完亦終爲吾所并耳噫一失而三得與三失而一得爲將者宜何取耶昔田忌與齊諸公子逐射孫臏見其馬有上中下因敎

錢穀曰述孫臏一段見老泉兵學兵略

之日以君下駟與彼上駟取君上駟與彼中駟取君中駟與彼下駟忌從之一不勝而再勝卒獲千金夫臏之説乃吾向之説也徒施之射是以知其能獲千金而止耳苟取而施之兵雖穰苴吳起何以易此哉

茅坤曰辯

楊慎曰卵不出蓐燕不徙巢何由而墮

嚳妃論

史記載帝嚳元妃曰姜原次妃曰簡狄簡狄行浴見燕墮其卵取吞之因生契爲商始祖姜原出野見巨人跡忻然踐之因生稷爲周始祖其祖商周信矣其妃之所以生者神奇妖濫不亦甚乎商周有天下七八百年是其享天之祿以能久有社稷而其祖宗何如此之不祥也使聖人而有異於衆庶也吾以爲天地必將構陰陽

正論

之和積元氣之英以生之又焉用此二不祥之物哉燕墮卵於前取而吞之簡狄其喪心乎巨人之跡隱然在地走而避之且不暇忻然踐之何姜原之不自愛也又謂行浴出野而遇之是以簡狄姜原爲婬泆無法度之甚者帝嚳之妃稷契之母不如是也雖然史遷之意必以詩有天命玄鳥降而生商厥初生民時惟姜原生民如何克禋克祀以弗無子履帝武敏歆攸介攸

楊愼曰如黃帝之生電虹繞樞蓋值電虹見之時也傳說爲箕星生之月直箕也蕭何爲昴星生之日直昴也楚辭曰攝提貞于孟陬兮惟庚寅吾以降屈原非眞攝提之苗裔也此可正玄鳥之解

止載震載夙載生載育時惟后稷而言之吁此又遷求詩之過也毛公之傳詩也以鳦鳥降爲祀郊禖之候履帝武爲從高辛之行及鄭之箋而後有呑踐之事當毛之時未始有遷史也遷史之說出於疑詩而鄭之說又出於信遷矣故天下皆曰聖人非人人不可及也甚矣遷之以不祥誣聖人也夏之衰二龍戲於庭藏其漦至周而發之化爲黿以生褒似以滅周使簡狄而

有理 月令玄

鳥至之月祀郊禖以祈子

蘇老泉集　卷七　三十

錢穀曰入鄭莊以楚子文論確文亦奇儁

吞卵姜原而踐跡則其生子當如褒似以妖惑天下柰何其有稷契也或曰然則稷何以棄曰稷之生也無菑無害或者姜原疑而棄之乎若莊公寤生驚姜氏姜氏惡之事固有然者也吾非惡夫異也惡夫遷之以不祥誣聖人也棄之而牛羊避遷之而飛鳥覆吾豈惡之哉楚子文之生也虎乳之吾固不惡夫異也

茅坤曰通篇責仲不能臨沒薦賢起伏不窮

唐順之曰看他諉大凡文字使事起須接得有力

管仲論

管仲相桓公霸諸侯攘戎狄終其身齊國富强諸侯不叛管仲死豎刁易牙開方用桓公薨於亂五公子爭立其禍蔓延訖簡公齊無寧歲夫（以上兩叙事）功之成非成於成之日蓋必有所由起禍之作不作於作之日亦必有所由兆（轉摺）則齊之治也吾（客）不曰管仲而曰鮑叔及其亂也吾不曰豎刁易（主）牙開方而曰管仲何則豎刁易牙開方三子彼

茅坤曰措詞淒惋嘆

固亂人國者顧其用之者桓公也夫有舜而後知放四凶有仲尼而後知去少正卯彼桓公何人也顧其使桓公得用三子者管仲也仲之疾也公問之相當是時也吾以仲且舉天下之賢者以對而其言乃不過曰豎刁易牙開方三子非人情不可近而已嗚呼仲以爲桓公果能不用三子矣乎仲與桓公處幾年矣亦知桓公之爲人矣乎桓公聲不絕乎耳色不絕乎目而非

胡秋宇曰韓非言管仲薦隰朋而桓公不能用

三子者則無以遂其欲彼其初之所以不用者徒以有仲焉耳一日無仲則三子者可以彈冠相慶矣仲以爲將死之言可以縶桓公之手足邪夫齊國不患有三子而患無仲有仲則三子者三匹夫耳不然天下豈少三子之徒哉雖桓公幸而聽仲誅此三人而其餘者仲能悉數而去之邪嗚呼仲可謂不知本者矣因桓公之問舉天下之賢者以自代則仲雖死而齊國未爲

似未可淺罪管仲

茅坤曰文公一訛切甚

無仲也夫何患三子者不言可也五覇莫盛於
桓文文公之才不過桓公其臣又皆不及仲靈
公之虐不如孝公之寛厚文公死諸侯不敢叛
晉晉襄文公之餘威得爲諸侯之盟主者百有
餘年何者其君雖不肖而尚有老成人焉桓公
之薨也一亂塗地無惑也彼獨恃一管仲而仲
則死矣夫天下未嘗無賢者蓋有有臣而無君
者矣桓公在焉而曰天下不復有管仲者吾不

訛切

詹惟脩曰先援此二事為證然後立論

信也。仲之書有記其將死論鮑叔、賓胥無之為人，且各疏其短。是其心以為是數子者皆不足以託國，而又逆知其將死，則其書誕謾不足信也。吾觀史鰌以不能進蘧伯玉而退彌子瑕，故有身後之諫；蕭何且死，舉曹參以自代。大臣之用心，固宜如此也。一國以一人興，以一人亡，賢者不悲其身之死，而憂其國之衰，故必復有賢者而後有以死。彼管仲者，何以死哉？

一句結

茅坤曰此蘇老泉本色學問宋迂齋謂其意脉自戰國策來良是

明論

天下有大知有小知人之智慮有所及有所不及聖人以其大知而兼其小知之功賢人以其所及而濟其所不及愚者不知大知而以其所不及喪其所及故聖人之治天下也以常而賢人之治天下也以時既不能常又不能時悲夫殆哉夫惟大知而後可以常以其所及濟其所不及而後可以時常也者無治而不治者也時

添時字常字襯上二段

層順之日轉展婉衍

也者無亂而不治者也日月經乎中天大可以被四海而小或不能入一室之下彼固無用此區區小明也故天下視日月之光儼然其若君父之威故自有天地而有日月以至于今而未嘗可以一日無焉天下嘗有言曰叛父母褻神明則雷霆下擊之雷霆固不能爲天下盡擊此等輩也而天下之所以兢兢然不敢犯者有時而不測也使雷霆日轟轟焉遶天下以求夫叛

此段喻常

此段喻時

唐順之曰聖人句擺脫好是欠字緊慢用會法

父母褻神明之人而擊之則其人未必能盡而雷霆之威無乃褻乎故夫知日月雷霆之分者可以用其明矣聖人之明吾不得而知也吾獨愛夫賢者之用其心約而成功博也吾獨怪夫愚者之用其心勞而功不成也是無他也專於其所及而及之則其及必精兼於其所不及而及之則其及必粗及之而精人將曰是惟無及及則精矣不然吾恐姦雄之竊笑也齊威王卽

鎖

曲盡人情

説賢人之明

焦竑曰不免挾數理亦如此兵法攻堅攻瑕亦然

焦竑曰老泉結法如此佳甚

位大亂三載威王一奮而諸侯震懼二十年是何修何營邪夫齊國之賢者非獨一卽墨大夫（多則難及）明矣亂齊國者非獨一阿大夫與左右譽阿而毀卽墨者幾人亦明矣（少則易及）一卽墨大夫易知也一阿大夫易知也左右譽阿而毀卽墨者幾人易知也從其易知而精之故用心甚約而成功博（賢）也天下之事譬如有物十焉吾舉其一而人不（愚）知吾之不知其九也歷數之至於九而不知其

一不如舉一之不可測也而況乎不至於九也

魯順之曰開口便含安石必亂天下意
茅坤曰荆川讀韓非八姦篇謂是照妖鏡予于此論亦云
按張文定公撰老蘇墓表云嘉祐初王安石名始盛黨友傾一時其命相制曰生民以來數人而已造作語言

辨姦

事有必至理有固然惟天下之静者乃能見微而知著月暈而風礎潤而雨人人知之人事之推移理勢之相因其疎闊而難知變化而不可測者孰與天地陰陽之事而賢者有不知其故何也好惡亂其中而利害奪其外也昔者山巨源見王衍曰誤天下蒼生者必此人也郭汾陽見盧杞曰此人得志吾子孫無遺類矣自今而

至以爲餞于聖人歐陽脩亦善之勸先生與之游而安石亦願交于先生先生曰吾知其人矣是不近人情者鮮不爲天下患安石之母死士大夫皆往弔先生獨不往作辨奸一篇及安石用事人服其先見云

楊慎曰王安石大類商鞅、進

言之其理固有可見者以吾觀之王衍之爲人容貌言語固有以欺世而盜名者然不忮不求與物浮沉使晉無惠帝僅得中主雖衍百千何從而亂天下乎盧杞之姦固足以敗國然而不學無文容貌不足以動人言語不足以眩世非德宗之鄙暗亦何從而用之由是言之二公之料二子亦容有未必然也今有人口誦孔老之言身履夷齊之行收召好名之士不得志之人

由景監安石進由藍元鞅禁雜謗安石置邏卒鞅排甘龍杜摯之議安石絀言新法之人秦亡以鞅宋亡以安石安石嘗有詩云今人未可非商鞅商鞅能令令必行是其本相尽露
茅坤曰上略拓開與就歸本人何等超伏

相與造作言語私立名字以爲顔淵孟軻復出而陰賊險狠與人異趣是王衍盧杞合而爲一人也其禍豈可勝言哉（朱文公曰以此爲奸）夫面垢不忘洗衣垢不忘澣此人之至情也今也不然（思不然也）衣巨虜之衣食犬彘之食囚首喪面而談詩書此豈其情也哉凡事之不近人情者鮮不爲大姦慝豎刁易牙開方是也（拓開）以蓋世之名而濟其未形之患雖有願治之主好賢之相猶將舉而用之則其爲天

陳仁錫曰如此轉作結極斌媚

下患必然而無疑者非特二子之比也孫子曰善用兵者無赫赫之功使斯人而不用也則吾言爲過而斯人有不遇之歎孰知禍之至於此哉不然天下將被其禍而吾獲知言之名悲夫

沈璞曰奧膺神奇是一篇兩舍櫝求珠舍筌求魚何乎

三子知聖人汙論

孟子曰宰我子貢有若知足以知聖人汙吾爲之説曰汙下也宰我子貢有若三子者其智不足以及聖人高深幽絶之境而徒得其下者焉耳宰我曰以予觀於夫子賢於堯舜遠矣子貢曰由百世之後等百世之王莫之能違也有若曰出乎其類拔乎其萃自生民以來未有夫子之盛也是知夫子之大矣而未知夫子之所以

沈穆曰機趣自然之文非雕繪所至

沈穆曰文章天性之說似即趾即巔了

大矣宜乎謂其知足以知聖人汙而巳也聖人之道一也大者見其大小者見其小高者見其高下者見其下而聖人不知也苟有形乎吾前者吾以爲無不見也而離婁子必將有見吾之所不見焉是非物罪也太山之高百里有却走而不見者矣有見而不至其趾者矣有至其趾而不至其上者矣而太山未始有變也有高而巳耳有大而巳耳見之不逃不見不求見至之

姜寶曰有高有下看道太岐

不拒不至不求至而三子者至其趾也顔淵從夫子游出而告人曰吾有得於夫子矣宰我子貢有若從夫子游出而告人曰吾有得於夫子矣夫子之道一也而顔淵得之以爲顔淵宰我子貢有若得之以爲宰我子貢有若夫子不知也夫子之道有高而又有下猶太山之有趾也高則難知下則易從難知故夫子之道尊易從故夫子之道行非夫子下之而求行也道固有

下者也太山非能有趾而不能無趾也子貢謂
夫子曰夫子之道至大也故天下莫能容夫子
夫子葢少貶焉夫子不悅夫有其大而後能安
其大有其小焉則亦不狹乎其小夫子有其大
而子貢有其小然則無惑乎子貢之不能安夫
夫子之大也

陳仁錫曰：義亦性也，真義何拂？乃曰戕天下，曰慘殺雜行，涉荀卿性惡之説，朱子所謂學儒不至而流于詖淫邪遁者也。然文

利者義之和論

義者，所以宜天下，而亦所以拂天下之心。苟宜也，宜乎其拂天下之心也。求宜乎小人邪？求宜乎君子邪？求宜乎君子也，吾未見其不以至正而能也。抗至正而行，宜乎其拂天下之心也。然則義者，聖人戕天下之器也。伯夷、叔齊殉大義以餓于首陽之山，天下之人安視其死而不悲也。天下而果好義也，伯夷、叔齊其不以餓死矣。

自雄深敏妙
又曰誅紂是彖
散財發粟亦是
彖

雖然非義之罪也徒義之罪也武王以天命誅
獨夫紂揭大義而行夫何郵天下之人而其發
粟散財何如此之汲汲也意者雖武王亦不能
以徒義加天下也乾文言曰利者義之和又曰
利物足以和義嗚呼盡之矣君子之恥言利亦
恥言夫徒利而已聖人聚天下之剛以爲義其
支派分裂而四出者爲直爲斷爲勇爲怒於五
行爲金於五聲爲商凡天下之言剛者皆義屬

類此周全
彖朱子曰與恩憚
以武王徒

陳仁錫曰義即是利如義解似未精然行文偉雋不妨模範

也是其爲道决裂慘殺而難行者也雖然無之則天下將流蕩忘反而無以節制之也故君子欲行之必即於利即於利則其爲力也易戾於利則其爲力也艱利在則義存利亡則義喪故君子樂以趨徒義而小人悅懌以奔利義必也天下無小人而後吾之徒義始行矣嗚呼難哉聖人滅人國殺人父刑人子而天下喜樂之有利義者與人以千乘之富而人不奢爵人以九

命之貴而人不驕有義利也義利利義相爲用而天下運諸掌矣五色必有丹而色和五味必有甘而味和義必有利而義和文言之所云雖以論天德而易之道本因天以言人事説易者不求之人故吾猶有言也

蘇老泉文集

卷八

書

上皇帝書

茅坤曰文章政事具見此書

蘇老泉文集卷八

上書

上皇帝書

嘉祐三年十二月一日眉州布衣臣蘇洵謹頓首再拜冐萬死上書皇帝闕下臣前月五日蒙本州録到中書劄子連牒臣以兩制議上翰林學士歐陽修奏臣所著權書衡論幾策二十篇乞賜甄録陛下過聽召臣試策論舍人院仍令

本州發遣臣赴闕臣本田野匹夫名姓不登於州閭今一旦卒然被召實不知其所以自通於朝廷承命悸恐不知所爲以陛下躬至聖之資又有羣公卿之賢與天下士大夫之衆如臣等輩固宜不少有臣無臣不加損益臣不幸有負薪之疾不能奔走道路以副陛下捜揚之心憂惶負罪無所容處臣本凡才無路自進當少年時亦嘗欲俛俛於陛下之科舉有司以爲不肖

錢穀曰古人讀書專爲經濟如此

輙以擯落盇退而處者十有餘年矣今雖欲勉强扶病戮力亦自知其疏拙終不能合有司之意恐重得罪以辱明詔且陛下所爲千里而召臣者其意以臣爲能有所發明以庶幾有補於聖政之萬一而臣之所以自結髮讀書至于今兹犬馬之齒幾已五十而猶未敢廢者其意亦欲效尺寸於當時以快平生之志耳今雖未能奔伏闕下以累有司而猶不忍嘿嘿卒無一言

而已也天下之事其深遠切至者臣自惟疏賤
未敢遽言而其近而易行淺而易見者謹條爲
十通以塞明詔其一曰臣聞利之所在天下趨
核實用人
之是故千金之子欲有所爲則百家之市無寧
居者古之聖人執其大利之權以奔走天下意
有所嚮則天下爭先爲之今陛下有奔走天下
之權而不能用何則古者賞一人而天下勸今
陛下增秩拜官動以千計其人皆以爲已所自

致而不知戮力以報上之恩至於臨事誰當効用此由陛下輕用其爵祿使天下之士積日持久而得之譬如傭力之人計工而受直雖與之千萬豈知德其主哉是以雖有能者亦無所施以爲謹守繩墨足以自致高位官吏繁多溢於局外使陛下皇皇汲汲求以處之而不暇擇其賢不肖以病陛下之民而耗竭大司農之錢穀此議者所欲去而未得也臣竊思之蓋今制天

切今世事情

下之吏自州縣令錄幕職而改京官者皆未得其術是以若此紛紛也今雖多其舉官而遠其考重其舉官之罪此適足以隔賢者而容不肖且天下無事雖庸人皆足以無過一旦改官無所不爲彼其舉者曰此廉吏此能吏朝廷不知其所以爲廉與能也幸而未有敗事則長爲廉與能矣雖重其罪未見有益上下相蒙請托公行蒞官六七考求舉主五六人此誰不能者臣

焦竑曰固是明試以功之法第恐僞增戶口者亦或蒙賞

愚以爲舉人者當使明著其迹曰某人廉吏也嘗有某事以知其廉某人能吏也嘗以某事以知其能雖不必有非常之功而皆有可紀之狀其特曰廉能而已者不聽如此則夫庸人雖無罪而不足稱者不得入其間老於州縣不足甚惜而天下之吏必皆務爲可稱之功與民興利除害惟恐不出諸巳此古之聖人所以驅天下之人而使爭爲善也有功而賞有罪而罰其實

錢穀曰吠聲而賞功亦可含沙而罰罪末世空言寧獨改官也

茅坤曰塞議者之口

一也今降官罷任者必奏曰某人有某罪其罪當然然後朝廷舉而行之今若不著其所犯之由而特曰此不才貪吏也則朝廷安肯以空言而加之罪今又何獨至於改官而聽其空言哉是不思之甚也或以爲如此則天下之吏務爲可稱用意過當生事以爲巳功漸不可長臣以爲不然蓋聖人必觀天下之勢而爲之法方天下初定民厭勞役則聖人務爲因循之政與之

錢穀曰靈數實中
又入此兩款亦
憐才識心

休息及其久安而無變則必有不振之禍是以
聖人破其苟且之心而作其怠惰之氣漢之元
成惟不知此以至於亂今天下少惰矣宜有以
激發其心使踴躍於功名以變其俗況乎冗官
紛紜如此不知所以節之而又何疑於此乎且
陛下與天下之士相期於功名而毋苟得此待
之至深也若其宏才大畧不樂於小官而無聞
焉者使兩制得以非常舉之此天下亦不過幾

人而已吏之有過而不得遷者亦使得以功贖
如此亦以示陛下之有所推恩而不惟艱之也
其二曰臣聞古者之制爵祿必皆孝弟忠信修

任子之不可

潔博習聞於鄉黨而達於朝廷以得之及其後
世不然曲藝小數皆可以進然其得之也猶有
以取之其弊不若今之甚也今之用人最無謂
者其所謂任子乎因其父兄之資以得大官而
又任其子弟子將復任其孫孫又任其子是不

懋竑曰王吉言吏任子弟率多驕傲不通古今得老泉論而愈暢

學而得者嘗無窮也夫得之也易則其失之也不甚惜以不學之人而居不甚惜之官其視民如草芥也固宜朝廷自近年始有意於裁節然皆知損之而未得其所損此所謂制其末而不窮其源見其粗而未識其精僥倖之風少衰而猶在也夫聖人之舉事不唯曰利而已必將有以大服天下之心今欲有所去也必使天下知其所以去之之說故雖盡去而無疑何者恃其

焦竑曰當時范富亦議裁冗長子不限年諸子孫必年過十五

說明也夫所謂任子者亦猶曰信其父兄而用其子弟云爾彼其父兄固學而得之也學者任人不學者任於人此易曉也今之制苟幸而其官至於可任者舉使任之不問其始之何從而得之也且彼任於人不暇又安能任人此猶借資之人而欲從之匄貸不已難乎臣愚以爲父兄之所任而得官者雖至正郎宜皆不聽任子弟唯其能自修飾而越錄躐次以至於清顯者

弟任年過二十
乃得蔭不如老
泉此論之精確

乃聽如此則天下之冗官必大衰少而公卿之後皆奮志爲學不待父兄之資其任而得官者知後不得復任其子弟亦當勉强不肯終老自棄於庸人此其爲益豈特一二而已其三曰臣聞自設官以來皆有考績之法周室旣亡其法廢絕自京房建考課之議其後終不能行夫有官必有課有課必有賞罰有官而無課是無官也有課而無賞罰是無課也無官無課而欲求

論考課

唐順之曰當問所屬之長何如人

天下之大治臣不識也然更歷千載而終莫之行行之則益以紛亂而終不可考其故何也天下之吏不可以勝考今欲人人而課之必使入於九等之中此宜其顛倒錯謬而不若無之爲便也臣觀自昔行考課者皆不得其術蓋天下之官皆有所屬之長有功有罪其長皆得以舉刺如必人人而課之於朝廷則其長爲將安用惟其大吏無所屬而莫爲之長也則課之所宜

加何者其位尊故課一人而其下皆可以整齊其數少故可以盡其能否而不謬今天下所以不大治者守令丞尉賢不肖混淆而莫之辨也夫守令丞尉賢不肖之不辨其咎在職司之不明職司之不明其咎在無所屬而莫爲之長陛下以無所屬之官而寄之以一路其賢不肖當使誰察之古之考績者皆從司會而至於天子古之司會卽今之尚書尚書既廢唯御史可以

茅坤曰嚴考課之議雖未審亦當時亟急

總察中外之官臣愚以爲可使朝臣議定職司考課之法而於御史臺別立考課之司中丞舉其大綱而屬官之中選强明者一人以專治其事以舉刺多者爲上以舉刺少者爲中以無所舉刺者爲下因其罷歸而奏其治要使朝廷有以爲之賞罰其非常之功不可掩之罪又當特有以償之使職司知有所懲勸則其下守令丞尉不容復有所依違而其所課者又不過數十

茅坤曰重縣令之辭假兩制之權與高第者不淂按名叙用此三款似無大關係

人足以求得其實此所謂用力少而成功多法無便於此者矣今天下號爲太平其實遠方之民窮困已甚其咎皆在職司臣不敢盡言陛下試加採訪乃知臣言之不妄其四曰臣聞古者

諸侯臣妾其境内而卿大夫之家亦各有臣陪臣之事其君如其君之事天子此無他其一境之内所以生殺與奪富貴貧賤者皆自我制之此固有以臣妾之也其後諸侯雖廢而自漢至

監司太守待縣令當以礼

楊慎曰大守刺史國稱之非也漢制三輔而外分九州九州控郡國州部有刺史郡國有太守刺史職督察太守職豈弟

唐猶有相君之勢何者其署置辟舉之權猶是以臣之也是故太守刺史坐於堂上州縣之吏拜於堂下雖奔走頓伏其誰曰不然自太祖受命收天下之尊歸之京師一命以上皆上所自署而大司農衣食之自宰相至于州縣吏雖貴賤相去甚遠而其實皆所以比肩而事主耳是以百餘年間天下不知有權臣之威而太守刺史猶用漢唐之制使州縣之吏事之如事君之

焦竑曰大小相制何必云善事上官

禮皆受天子之爵皆食天子之祿不知其何以臣之也小吏之於大官不憂其有所不從惟恐其從之過耳今天下以貴相高以賤相諂柰何使州縣之吏趨走於太守之庭不啻若僕妾唯唯不給故大吏常恣行不忌其下而小吏不能正以至於曲隨諂事助以爲虐其能中立而不撓者固已難矣此不足怪其勢固使然也夫州縣之吏位卑而祿薄去於民最近而易以爲姦

茅坤曰：又挈言縣令議論委析

朝廷所恃以制之者，特以厲其廉隅，全其節槩，而養其氣，使知有所恥也。且必有異材焉，後將以爲公卿，而安可薄哉？其尤不可者，今以縣令從州縣之禮。夫縣令官雖卑，其所負一縣之責，與京朝官知縣等耳。其吏胥人民習知其官長之拜伏於太守之庭，如是之不威也，故輕之。輕之故易爲姦，此縣令之所以爲難也。臣愚以爲州縣之吏事太守，可恭遜卑抑，不敢抗而已，不

此句少不得

至於通名贊拜趨走其下風所以全士大夫之節且以儆大吏之不法者其五曰臣聞爲天下者必有所不可窺是以天下有急不求其素所不用之人使天下不能幸其倉卒而取其祿位唯聖人爲能然何則其素所用者緩急足以使也臨事而取者亦不足用矣傳曰寬則寵名譽之人急則用介冑之士今者所用非所養所養非所用國家用兵之時購方略設武舉使天下

論武舉

茅坤曰與今弊略同

屠沽健兒皆能徒手攫取陛下之官而兵休之日雖有超世之才而惜斗升之祿臣恐天下有以窺朝廷也今之任爲將帥卒有急難而可使者誰也陛下之老將曩之所謂戰勝而善守者今亡矣臣愚以爲可復武舉而爲之新制以革其舊弊且昔之所謂武舉者蓋踈矣其以弓馬得者不過挽强引重市井之粗材而以策試中者亦皆記錄章句區區無用之學又其取人太

茅坤曰復武舉之議亦未審

多天下之知兵者不宜如此之衆而待之又甚輕其第下者不免於隷役故其所得皆貪汙無行之徒豪傑之士耻不忍就宜因貢士之歳使兩制各得舉其所聞有司試其可者而陛下親策之權略之外便於弓馬可以出入嶮岨勇而有謀者不過取一二人待以不次之位試以守邊之任文有制科武有武舉陛下欲得將相於此乎取之十人之中豈無一二斯亦足以濟矣

右信任大臣

其六曰臣聞法不足以制天下以法而制天下法之所不及天下斯欺之矣且法必有所不及也先王知其有所不及是故存其大略而濟之以至誠使天下之所以不吾欺者未必皆吾法之所能禁亦其中有所不忍而已人君御其大臣不可以用法如其左右大臣而必待法而後能御也則其疎遠小吏當復何以哉以天下之大而無可信之人則國不足以爲國矣臣觀今

茅坤曰繩墨相蒙今朝事亦然

兩制以上非無賢俊之士然皆奉法供職無過而已莫肯於繩墨之外爲陛下深思遠慮有所建明何者陛下待之於繩墨之內也臣請得舉其一二以言之夫兩府與兩制宜使日夜交於門以講論當世之務且以習知其爲人臨事授任以不失其才今法不可以相往來意將以杜其告謁之私也君臣之道不同人臣惟自防人君惟無防之是以歡欣相接而無間以兩府兩

法言

制爲可信邪當無所請屬以爲不可信邪彼何
患無所致其私意安在其相往來邪今兩制知
舉不免用封彌謄録旣奏而下御史親往莅之
然此終不可已
凜凜如鞠大獄使不知誰人之辭又何其甚也
臣愚以爲如此之類一切撤去彼稍有知宜不
忍負若其猶有所欺也則亦天下之不才無耻
者矣陛下赫然震威誅一二人可以使天下姦
吏重足而立想聞朝廷之風亦必有倜儻非常

穆文熙曰先儒云非是科舉累人自是人累科舉安知科舉不可爲茂材

之才爲陛下用也其七曰臣聞爲天下者可以名器授人而不可以名器許人人之不可以一日而知也久矣國家以科舉取人四方之來者如市一旦使有司第之此固非眞知其才之高下大小也特以爲姑收之而已將試之爲政而觀其悠久則必有大異不然者今進士三人之中釋褐之日天下望爲卿相不及十年未有不爲兩制者且彼以其一日之長而擅終身之富

惜名器

精

茅坤曰與今亾同

貴舉而歸之如有所負如此則雖天下之美才
亦或怠而不修其率意恣行者人亦望風畏之
不敢按此何爲者也且又有甚不便者先王制
其天下尊尊相高貴貴相承使天下仰視朝廷
之尊如太山喬嶽非扳援所能及苟非有大功
與出羣之才則不可以輕得其高位是故天下
知有所忌而不敢覬覦今五尺童子斐然皆有
意於公卿得之則不知媿不得則怨何則彼習

知其一旦之可以僥倖而無難也如此則匹夫輕朝廷臣愚以爲三人之中苟優與一官足以報其一日之長館閣臺省非舉不入彼果不才者也其安以入爲彼果才者也其何患無所舉此非獨以愛惜名器將以重朝廷耳其八曰臣聞古者敵國相觀不觀於其山川之嶮士馬之衆相觀於人而已高山大江必有猛獸怪物時見其威故人不敢襲夫不必戰勝而後服也使

之常有所忌而不敢發使吾常有所恃而無所怯耳今以中國之大使夷狄視之不甚畏敢有煩言以瀆亂吾聽此其心不有所窺其安能如此之無畏也敵國有事相待以將無事相觀以使令之所謂使者亦輕矣曰此人也爲此官也則以爲此使也今歲以某其來歲當以某又來歲當以某如縣令署役必均而已矣人之才固有所短而不可强其專對捷給勇敢又非可以

餘誌曰富鄭公使契丹也而得專之則納之一字當不受屈然安必夏竦等不以爲開邊

學致也今必使彊之彼有倉惶失次爲夷狄笑而已古者大夫出疆有可以安國家利社稷則專之今法令大密使小吏執簡記其旁一搖足輒隨而書之雖有奇才辨士亦安所效用彼夷狄觀之以爲鐏俎談燕之間尚不能辦軍旅之際固宜其無人也如此將何以破其姦謀而折其驕氣哉臣愚以爲奉使宜有常人唯其可者而不必均彼其不能者陛下責之以文學政事

焦竑曰得人之外又省寬法一議足爲皇華生色不然主憂臣辱不敢愛死者幾人哉

不必強之於言語之間以敗吾事而亦稍寬其法使得有所施且今世之患以奉使爲艱危故必均而後可陛下平世使人而皆得以辭免後有緩急使之出入死地將皆逃邪此臣又非獨爲出使而言也其九曰臣聞刑之有赦其來遠矣周制八議有可赦之人而無可赦之時自三代之衰始聞有肆赦之令然皆因天下有非常之事凶荒流離之後盜賊垢汙之餘於是有以

不可郊赦

名言

茅坤曰此宋家無爲之法故蘓氏父子每〻注意

沛然洗濯於天下而猶不若今之因郊而赦使天下之凶民可以逆知而僥倖也平時小民畏法不敢趦趄當郊之歲盜賊公行罪人滿獄爲天下者將何利於此而又縻散帑廪以賞無用冗雜之兵一經大禮費以萬億賦斂之不輕民之不聊生皆此之故也以陛下節用愛民非不欲去此矣顧以爲所從來久遠恐一旦去之天下必以爲少恩而凶豪無賴之兵或因以爲詞

毅曰禁俗而不騐俗老泉机權可想

而生亂此其所以重改也葢事有不可改而遂不改者其憂必深改之則其禍必速惟其不失推恩而有以救天下之弊者臣愚以爲先郊之歲可因事爲詞特發大號如郊之赦與軍士之賜且告之曰吾於天下非有惜乎推恩也惟是凶殘之民知吾當赦輒以犯法以賊害吾良民今而後赦不於郊之歲以爲常制天下之人喜乎非郊之歲而得郊之賞也何暇慮其後其後

詹惟脩曰治天下者如牧馬去其害馬者而已老泉慎赦非聽說也

四五年而行之七八年而行之又從而盡去之天下晏然不知而日以遠矣且此出於五代之後兵荒之間所以姑息天下而安反側耳後之人相承而不能去以至于今法令明具四方無虞何畏而不改今不爲之計使姦人猾吏養爲盜賊而後取租賦以啖驕兵乘之以饑饉鮮不及亂矣當此之時欲爲之計其猶有及乎其十

盡去小人

曰臣聞古者所以採庶人之議爲其疏賤而無

嫌也不知爵祿之可愛故其言公不知君威之
可畏故其言直今臣幸而未立于陛下之朝無
所愛惜顧念於其心者是以天下之事陛下之
諸臣所不敢盡言者臣請得以僭言之陛下擢
用俊賢思致太平今幾年矣事垂立而輒廢功
未成而旋去陛下知其所由乎陛下知其所由
則今之在位者皆足以有立若猶未也雖得賢
臣千萬天下終不可爲何者小人之根未去也

茅坤曰宦官一節恐非宋朝時事之切者

陛下遇士大夫有禮凡在位者不敢用褻狎戲嫚以求親媚於陛下而讒言邪謀之所由至於朝廷者天下之人皆以爲陛下不踈遠宦官之過陛下特以爲耳目玩弄之臣而不知其陰賊險詐爲害最大天下之小人無由至於陛下之前故皆道於宦官珠玉錦繡所以爲賂者絡繹於道以間關齟齬賢人之謀陛下縱不聽用而大臣常有所顧忌以不得盡其心臣故曰小人

穆文熙曰仁宗無儲屬意英宗任守忠欲立昏邀利老泉意謂是與韓琦空頸數太快朝論

之根未去也竊聞之道路陛下將有意去而疎之也若如所言則天下之福然臣方以爲憂而未敢賀也古之小人有爲君子之所抑而反激爲天下之禍者臣每痛傷之蓋東漢之衰宦官用事陽球爲司隸校尉發憤誅王甫等數人磔其屍于道中常侍曹節過而見之遂奏誅陽球而宦官之用事過於王甫之未誅其後竇武何進又欲去之而反以遇害故漢之衰至於掃地

而不可救夫君子之去小人惟能盡去乃無後
患惟陛下思宗廟社稷之重與天下之可畏既
去之又去之旣踈之又踈之刀鋸之餘必無忠
良縱有區區之小節不過闈闥掃洒之勤無益
於事惟能務絕其權使朝廷清明而忠言嘉謨
易以入則天下無事矣惟陛下無使爲臣之所
料而後世以臣爲知言不勝大願曩臣所著二
十篇略言當世之要陛下雖以此召臣然臣觀

老識

焦竑曰賈誼一疏文脉闊縱且自許卓然

朝廷之意特以其文采詞致稍有可嘉而未必其言之可用也天下無事臣每每狂言以迂闊爲世笑然臣以爲必將有時而不迂闊也賈誼之策不用於孝文之時而使主父偃之徒得其餘論而施之於孝武之世夫施之於孝武之世固不如用之於孝文之時之易也臣雖不及古人惟陛下不以一布衣之言而忽之不勝越次憂國之心效其所見且非陛下召臣臣言無以

至於朝廷今老矣恐後無由復言故云云之多
至於此也惟陛下寬之臣洵誠惶誠懼頓首頓
首謹書